JN078081
いちまる [illust.] ろこ
無実の罪で追い出された錬金術師は快適工房ライフをおくります
ギルドをクビになったけど、チートすぎる神の目で自由自在にアイテムづくり

モニカ
「爆破錬金術」という
少し変わった錬金術を
使いこなす、
ウォルターの元弟子。
師匠を追いかけ
辺境までやって来た。
アイリス
自称・アイドル冒険者。
ウォルターの腕に惚れ込み、
専属錬金術師に
しようとしている。
ウォルター
理不尽な理由でギルドを
追い出されてしまった錬金術師。
実は唯一無二の
神の目を
持っていて…。

KAITEKI
KOBO
LIFE
登場人物紹介
Main Characters
パトリオット
冒険者ギルドのサブリーダー。
同じ錬金術師として
人気のあるウォルターを
目障りに思っており、
追放することに成功。しかし、
錬金術の腕はイマイチで…。
バベッジ
ギルドのリーダー。
前リーダーが倒れ、急遽就任したため
人望は薄め。ウォルターの実力は
理解しているが、自分のことで
精いっぱいのため
追放を後押ししてしまう。

俺の『瞳』があれば、
何でも錬成できるっ！
ウォルターの右目が、カッと見開いた。
同時に、鍋の中身が七色に輝き出したのだ。

# 無実の罪で追い出された錬金術師は快適工房ライフをおくります

ギルドをクビになったけど、チートすぎる神の目で自由自在にアイテムづくり

いちまる [illust.] ろこ

目次

# 第一章

「――ウォルター・トリスメギストス。冒険者ギルドからの追放を言い渡しに来た」

「……え？」

彼――ウォルター・トリスメギストスの一日は、耳を疑うようなひと言から始まった。

人でがやがやと賑わう冒険者ギルドに入ってきて、いつものように繰り返されるはずの一日は、どこか高慢で鼻につく、甲高い声でかき消された。

「ああ、ギルドからの追放だけではないな。アルカニアの街の居住権も、ここで錬金術師として活動する資格もはく奪だ。安心したまえ、よその街なら細々と活動を続けられるぞ」

「ちょ、ちょっと待ってください！　俺がどうして追放されるんですか⁉」

立て続けに並べられる最悪の事態を前に、ウォルターの顔にありありと焦りが浮かぶ。

彼がもしも周囲の冒険者のようにがっしりした男なら、自分に信じられない宣告をする男の胸倉を掴《つか》むくらいはするだろう。

だが、ウォルターはその真逆だ。

歳は二十とちょっと。暗い銀色のショートヘアーに、冒険者から「ひょろがり」と笑われる体型、白衣のようなローブとズボンに黒い手袋と丸眼鏡。

おまけにふんわりした雰囲気を漂わせる青い目は、虫も殺せなさそうだ。

総じて彼は、対面した相手に矮小《わいしょう》な奴であると判断させてしまう見た目なのだ。

「どうして、だと？　マヌケな錬金術師め、彼らを見ても、同じセリフが言えるか？」

事実、彼と向き合う男――依頼をこなして報酬を得る何でも屋、冒険者をまとめるギルドのサブリーダー、パトリオット・マロリーは明らかにこちらを見下していた。

そして同年代のナルシシズム溢れる金髪の男が言う通り、ウォルターは『錬金術師』だ。

詳しい説明はともかく、彼らは学知と体内エネルギーによって、用意された素材をまるで別のものへと変える能力を持つ。

このアルカニアの街のみならず、誰もが彼らの世話になった経験がある。

しかし、それと同じくらい、トラブルの被害に遭った経験も枚挙《まいきょ》にいとまがない。

「君の錬成したアイテムの被害者だ」

目を見開いたウォルターの前にぞろぞろと現れたのは、ごくごく普通の冒険者だ。

屈強に鍛えられた拳闘家。

知的な風貌の魔法使い。

腰に提げた剣が煌《きら》めく剣士。

さっきからこの騒ぎを見つめたり、耳を傾けたりしている彼ら、彼女らと同じく、アルカニアだけでなく、ギルドにごまんといる冒険者と何も変わらないだろう。

いずれも顔がげっそりしていて、流行り病にかかったようにふらついていなければ、だが。

「彼らに見覚えがあるな?」

「は、はい。昨日、解毒用のポーションを渡した冒険者の方々です……」

彼らと面識があるウォルターが頷くと、パトリオットが大袈裟なため息をついた。

「そうだ。キミが渡したポーションが問題を起こしたのだ」

ポーション。錬金術師が生み出す、治癒や体力、魔力増強の効果をもたらす秘薬。

ウォルターも他の錬金術師の例に漏れず、ポーションの錬成経験は数えきれないほどあったが、眼前の冒険者達のようにひどいさまの副作用を見たことがなかった。

「ポーションの副作用で、冒険者パーティー全員が診療所に担ぎ込まれた。誰もが腹痛と頭痛に苦しめられていて、特にリーダーは今もベッドでうなされている。聞けば、そのポーションを錬成して渡したのは君らしいじゃないか」

錬金術師の顔に、ありありと驚愕《きょうがく》が浮かび上がる。

彼のさまを見るパトリオットは、口端を吊り上げて話を続けた。

「リーダーの青年は、ギルドに長年寄付をしてくれる大商人の息子だ。その大商人がひどく怒っていてね、こんな目に遭わせた奴に相応の罰を与えろとのことだ……あとは、わかるな?」

「ありえません! 調合は完璧でしたし、仮に副作用が起きるとしても、錬成したアイテムで発生するのは鼻血に……」

「そんな慢心が人を傷つけたと、どうして認めない！」

ウォルターの反論は、パトリオットの義憤《ぎふん》の怒声にかき消された。

神に誓って、ウォルターは絶対に人体に害を及ぼすようなポーションを錬成しないし、今回使った素材では腹痛も頭痛も起きるはずがない。

間違いなく、はっきりと断言できる。

ただ、ギルド全体を味方につけるようなパトリオットの物言いは、ウォルターの言葉をねじ伏せるには十分すぎた。

それが真《まこと》か偽《いつわ》りであるかなど、どうでもいいと群衆に思わせるくらいには。

「冒険者ギルドに君がやってきて一年、随分と他の冒険者から信頼を得てきたようだが、その間にすっかり増長していたんじゃないのか？　真心を込めて錬成していたポーションも、自分が作れば何でも売れると思い上がったんだろう？」

「何でも売れるなんて、思うわけがないですよ！　俺は皆に笑顔になってほしくて錬金術師の道を目指したんだ、笑顔を奪うようなまねだけは絶対にしません！」

増長したとまで言われれば、ウォルターは当然否定する。

それすらも、パトリオットは予想していたようだが。

「なら、もう一つの理由も教えておこうか」

これ見よがしに鼻を鳴らすパトリオットが、ウォルターに顔を寄せて言った。

「これは私が独自に入手した情報なんだが……君、闇市場で錬成用のアイテムを調達しているようじゃないか？　フリーとはいえ、冒険者ギルドで仕事をする錬金術師が裏の界隈と関係を持つというのは、いかがなものかね」

今度こそ、ウォルターはパトリオットの正気を疑った。

市場とはまた別の、街の外にある闇市場。

名前の通り、表舞台に出せないアイテムや素材を売る市場で、真っ当な人間ならまず足を運ばないどころか、場所すら知らない。

もちろんウォルターも行ったことがないし、行こうとすら思わない。

なのに、パトリオットは彼が、闇市場であくどい素材を買い入れていると言っているのだ。

「まさか！　誓って、俺は闇市になんて行ってません！」

「ほう？　なら、今の君を見るギルドの人々は、君を信じているのか？」

ウォルター自身、ギルドに大きく貢献したと自負している。

見返りを求めているわけではなく、錬金術師の務めとして当然だと考えているからだ。

ところが、今の彼を見つめる周囲の視線は、疑念と不安に満ちていた。

「まさか、あのウォルター君が……」

「前からヘンな噂は聞いてたけど、信じられないな」

誰もが、ウォルターが犯罪者であると脳に刻まれたかのような視線をいきなりぶつけてくる。

中にはもう、彼が大悪党であると決めつけている者までいる。

彼はもう、自分が悪い夢の中にいるようにしか思えなかった。

「な、なんで……」

しかも悪い夢の指導者は自分ではない。

普段は人格者と世間から称されるのに、いまやウォルターにしか見えない恐ろしさを秘めた笑みを浮かべるパトリオットなのだ。

「さてね？　君の知らないところで、悪い評判が広まっていたのかもしれないな」

しらじらしい態度であるとしても、もうウォルターに反論する立場など残されていない。

もはやギルドに、彼の味方はいないのだから。

「そもそも、この話はもうギルドリーダーが決めた結果だ。今更覆《くつがえ》そうなんて考えない方がいい。男なら、潔《いさぎよ》く引き際をわきまえたまえ」

追い打ちのように畳みかけられた事実が、ウォルターをどん底に叩き落とした。

「バベッジさん⁉　まさか……⁉」

ギルドリーダーであるバベッジ・ヘンウッドを、アルカニアで知らない者はいない。

なんせ彼は、アルカニアのギルドの発展に大きく貢献した偉大なる先代リーダー、チャールズ・ヘンウッドの息子なのだ。

ただ、父ではなく彼が信頼に足るかといえば、話は別だ。

ババッジがギルドリーダーになっているのは、単に先代の息子というだけだからだ。

チャールズが倒れ、三十代にもなってまだ、ただのギルド書記だった彼が、誰もやりたがらないギルドリーダーの役職を任せるのにはうってつけだったのである。

そんな男に、いきなり冗談のような山盛りの業務を投げつければどうなるか。

黒髪はたちまちぼさぼさの白髪交じり、体は不健康な痩せ方の兆候を見せ、少し頬骨が影となり始めていた。この男に、正常な判断など難しいだろう。

「……本当に申し訳ないと思うよ、ウォルター君」

彼も自覚はしているようで、ギルドの受付カウンターの奥から書類に囲まれて顔を出すババッジの目は、虚ろながら謝罪の意に満ちていた。

「だけど……ギルドにこれ以上トラブルを持ち込まれるのは困るんだよ。君がやったとは、その、思ってはいないけど……」

しどろもどろになるババッジは、もう会話すらままならない。

「と、と、とにかく！　僕はそれどころじゃないんだ、父さんが倒れたから代わりのギルドリーダーになって、仕事が毎日山積みで……業務外の判断はそこのパトリオットに任せているんだよ！　わ、悪いが、そっちで解決してくれないかな!?」

断ち切るように会話を終わらせると、彼はカウンターの奥へと消えていった。

「ごめんよ、本当にごめんよ……ああ、書類ならこっちで預かるよ、それよりも……」

スタッフとの会話を聞く限り、もうバベッジはこちらに顔を向けてもくれないだろう。ウォルターを悪党だとは考えていないようだが、思っているだけではどうしようもない。

「と、いうわけだ。納得してくれるね、ウォルター君？」

心を折られた彼の前で、これ以上ないくらい大袈裟に、パトリオットが肩をすくめた。

にやついた顔に苛立ちはしなかった。

ただ彼の胸に去来するのは、ウォルター・トリスメギストスという人間がどれほど信用されておらず、また自分の失敗を認められない人間かと思い知らされたことだ。

きっと自分は、錬金術に失敗したのだ。

たった一度の失敗とはいえ、許される話でもないだろう。

「……わかりました。荷物をまとめる時間だけ、もらってもいいですか？」

「かまわないとも。だが、ギルドの錬金術師資格証は、今ここに置いていきたまえ。冒険者のリーダーにも会いに行く必要はない、神経を逆なでするだろうからね」

「でも……」

「危害を加えた君に、彼に会いに行く資格はない！」

ぴしゃりと言ったパトリオットは、反論を認めなかった。

「資格証を出すんだ。それとも、ギルドにまだ迷惑をかける気か？」

そこまで聞くと、さすがにもう抵抗の余地も気力もなかった。

すっかり諦めてしまったウォルターは、ズボンのポケットから藍色の表紙の手帳を取り出すと、パトリオットに渡した。アルカニアで錬金術師として活動するための許可証だ。

それを自分の胸ポケットに収めて、パトリオットはにやりと笑った。

「上流階級を黙らせるために必要な犠牲だ。わかってくれたまえ」

「……どうも」

彼の笑顔の意味を問う気も起きず、ウォルターは静かにギルドの出口へ向かう。

「俺も聞いたよ、ウォルターが陰でよくないことをしてたって……」

「いい人だと思ってたのに、残念だよ」

去りゆく錬金術師にかけられる言葉に、彼の身を案じるものはひとつもない。

どれだけ彼の世話になっていたとしても、世間で愛されるサブリーダーの言葉は、あいまいな証拠であっても、評価など簡単にひっくり返る。

彼らが悪いというより、えてして大衆とはそんなものなのだ。

自分達の考えではなく、立派な誰かの意見にすがって己の意見とするのだ。

「パトリオットさんが早めに追い出してくれて、よかったかもしれないわね」

「錬金術師なら他にもいるしな」

「というか、パトリオットさんも元錬金術師だろ？　彼に頼ればいいじゃないか！」

「ははは、それもそうか！」

ギルドを出る最後の最後まで、心無い言葉が聞こえた。
ウォルターは彼らに怒りも苛立ちも覚えなかった。
むしろ、自分を責めるような声がないだけありがたいとすら思っている。
（……仕方ない、か）
ぎい、と音を立てて、ギルドの扉は閉まった。
さんさんと照る太陽が、今は鬱陶《うっとう》しくて仕方なかった。

# 第二章

「――そんじゃあ、あんたがギルドで有名な、錬金術師のウォルターさんかい?」

「え、あ、はい。元、ですけど……」

アルカニアと冒険者ギルドを追放されてから、三日後。

ウォルターは馬車に揺られ、アルカニアから二日ほどかけて、カバーラという街に向かっていた。

このセフィロン王国の商工、軍事、学知のほとんどは王都とアルカニアに集中している。一度そこを離れると、周辺の街や村はたちまち〝田舎〟に変わってしまう。

実際、ウォルターがアルカニアからカバーラへ馬車を二、三度乗り継ぐうちの二度目には、もう景色は平原や森、山々へと移ってしまった。故郷と呼べるほど長居したつもりもないが、もう戻ってこられないような気がして、彼は郷愁の気分に駆られた。

気持ちは切り替えたはずなのに、とウォルターは自嘲気味にため息をつく。

そんな彼の、どこかぼんやりした返事を聞いて、御者はからからと笑った。

「うちの親戚が、あんたの世話になったって言ってたよ。なんでもひどい呪いを受けた時に、ポーションでどうにかしてあげたらしいじゃないか」

「俺が、ですか？」

「あんたはたくさん人を助けてきたんだろ？　その一人さ」

「……今も元気なら、何よりです」

呪い対策や処置なら、アルカニアにいたしばらくの間に何度もやった。

そのうち一人の親戚が目の前にいるなんて世界は狭い、とウォルターは思った。

「それがまた、どうしてギルドどころか、街から追放されたんだい？」

まさかポーションで四人を昏倒させました、とは言えないだろう。

「……いろいろあった、としか……」

「いろいろね。まあ人生ってのは長いもんだ。いろいろ嫌なこともありゃあ、いろいろいいこともあるさ」

ガラガラ、と揺れる馬車が、街と平原の境目である橋を越えゆく。

馬車から顔を覗かせると、牧歌的な中にも時代を取り入れようとする風景が見える。

「そんで、錬金術師の資格をはく奪されて、このカバーラの街で活動していけるのか？　資格もなしに錬金術の真似事をしてしょっ引かれた奴なんざ、何人も見てきたぜ？」

「公的な資格そのものを取り上げられたわけではないので、大丈夫だと思います」

錬金術師が活動するには、王都で得た資格が必要になる。

よほどのことがないと資格がはく奪されるような事態にはならないが、冒険者ギルドで活動するための専門の資格はあっさりと没収される。

ギルドにとっては、錬金術師など替えが利く道具のようなものなのだ。

「ここです。ここで降ろしてください」

カバーラの街に入り、少しだけ走ったところで馬車は止まった。

ウォルターが馬車を降りたのは、通りの端に建つ古びた家屋《かおく》の前だ。

「あんたは工房まで送ってくれとは言ってたが、これが工房かい？　おんぼろな一軒家にしか見えないが……まあ、気張っていきな」

「ありがとうございます」

首を傾げながら馬車を出した御者に、ウォルターは手を振った。

そうしてすっかり馬車が見えなくなってから、彼は改めてこれから工房になる建物に向き直る。煉瓦造りである点以外は褒められたところのない、ひどい有様の家だ。

「ふう……古びている代わりに安く借りられる工房があるって聞いたけど、ここまでとはね」

ウォルターがこの家屋を借りたのは、錬金術師に不可欠な工房にするためだ。

どこでも何もなくても錬金術は使えるが、ではなんでも無から生み出せるかというと、錬金術はそこまで便利な技術ではない。

鍋にフラスコ、素材をしまう棚に薬を保管する収納ボックス、それらをまとめた工房が必要になる。錬金術師と工房は、基本的にはセットの扱いだ。

その土台となる家屋を彼は借りたわけだが、思いのほか古びていた。

もっとも、錬金術師にとって、古い家を錬金術で作り変えるのは造作もない。

「素材にもよるけど、錬金術でどうにかなるレベルではあるかな。中は……」

軋《きし》む扉を押し開けると、埃がウォルターの目と鼻を突いた。げほ、ごほ、とむせる彼がなんとか目を開くと、薄暗い家の中は、外観よりもずっとおんぼろだ。

さっきの馬車の中に住んだ方が、まだ快適に暮らせそうだ。

（……こりゃ、思ってたよりもひどいな。工房と家を兼ねるように作りなおすとなると、ここにある素材だけじゃあ足りないかも？）

埃っぽさに耐えきれず、目を拭《ぬぐ》いながらウォルターは家屋の外に出た。

（『金床松《かねどこまつ》』製の木材に『ゴールドクロム』、熟成して五十年以上の『粘着ハチミツ』があればひとまず問題はなさそうだ。アルカニアじゃあ、もう俺の噂が広まってたせいか、誰もものを売ってくれなかったけど……）

辺りを見回しても、何者かと気にしている者はいたが、不審の視線は感じられない。

アルカニアでもいきなり暴言を吐かれたり、暴力を振るわれたりといった恐ろしいトラブルには見舞われなかったが、何かに怯えるようなよそよそしさがあった。

少なくとも、カバーラなら錬金術の素材の一つや二つくらいは売ってくれるだろう。

「ここなら問題なさそうだね。俺はただの、よそ者ってくらいだ……ん？」

ひとまず生活はやっていけそうだと安心したウォルターは、ふと、遠くから何かが煙を立てて駆けてくるのを見つけた。

「何だありゃ……牛？　猪？　いや、違うな――」

それが何であるかを考えるのは、ウォルターにとって誤りだった。

彼が本当に気にすべきは、それがどこに向かって爆走してくるのか、だ。

「――しーしょーぉーっ！」

街中に響くような声が聞こえた時には、もうウォルターは逃げられなかった。

猛牛よりもずっと荒い鼻息と共に突進してきたそれが、彼の腹に直撃した。

「おごっ⁉」

目玉が飛び出るのではないかと思うほどの衝撃で、ウォルターは後方に吹き飛ばされた。おんぼろ小屋の壁に激突して倒れ込む彼の顔に、崩れた壁の一部が落ちる。

「お、おお、おおお……！」

腹を抑えてか細い息をひいひいと漏らす彼の顔を、誰かが覗き込んだ。

「師匠、話は聞きました！　どうしてポーションの副作用の疑いを晴らそうとしなかったんですか、アルカニアから出て行っちゃったんですか⁉」

繰り出すタックルに代わってのハグで、今度は内臓が締め付けられる。

「ちょ、息、できな……」

「もう少し待っていてくれたなら、師匠の一番弟子、このモニカ・シャムロックが助けに行けたんですよ!? そしたらきっと、アルカニアに残れたはずですっ！」

「うぼぉっ!?」

向こうは誠意と愛情をたっぷり込めているのだから、なお始末が悪い。

信じられないほど早口で喋るのは、ウォルターに直撃した張本人――モニカだ。

パーマのかかった茶色の髪を腰くらいの長さまで伸ばした、小麦色の肌の少女。布を継《つ》ぎ接《は》ぎした錬金術師の真似事のようなローブの袖が手を隠してその体格を表しているように、背はウォルターよりずっと低い。厚底のブーツを履いているさまは、十六歳ながら大人に憧れる子供のようだ。

そんな彼女は、どうしてウォルターが転げているのかなどちっとも考えていないらしい。自分の気持ちをぶちまけるのに夢中になっている、というべきか。

「聞けば、あのイヤミなパトリオット・マロリーが師匠を追い出したらしいじゃないですか！絶対に何か裏があるんですよ、師匠の才能を妬《ねた》んで悪だくみを……あれ？」

だが、ここでやっと彼女は、師匠と呼ぶ相手が仰向けに倒れている様子に気づいた。

「どうかしたんですか、師匠？」

「……猛牛に突進された、とでも言っておくよ……」

よろよろと起き上がり、埃を払うウォルターの目の前で、モニカが目を見開いた。

「猛牛⁉　まさか、魔物のデッドブルに襲われたんですか、いつの間に⁉」

どうやら小柄な彼女は、自分が雄牛の如き突進を行ったと思っていないようである。

（君がそうなんだとは、とても言いにくいなあ……ははは……）

初めて出会った頃のモニカと今の彼女があまり変わっていない証拠だ。

錬金術師に憧れて考えなしにアルカニアに来たものの、当時の彼女は才覚に乏しく、どの錬金術師も弟子に取るのを断った。持ち金も底を尽き、とんでもない手段で錬金術師になろうとしていたところを拾ったのが、当時まだ無名だったウォルターだ。

一宿一飯の恩を返さんとばかりに、モニカは彼の手伝いに従事し、その過程で錬金術師の弟子となった。錬金術師としての腕前も、歪《ひず》んだ形ではあるが伸びた。

いつまで経っても変わらない、彼女の献身と人を思いやる気持ちはとても嬉しいが、この猪突猛進ぶりは勘弁してほしいものだとウォルターは思った。

「忘れてくれ……それよりもモニカ、どうしてここに？　君は確か、一年ほど前に……」

「はい、幼馴染に誘われて、師匠のもとを離れて冒険者パーティー『十字架の薔薇』で活動していました！　でも昨日、一時的に休業申請を出してきたんです！」

にっこりと笑って頷いたモニカの本職は、錬金術師の弟子ではなく、冒険者だ。

実を言うと、冒険者ギルドはアルカニアだけに存在するのではない。

仕事の数や登録者、ギルドの建物の大きさなど大小はあるが、冒険者ギルド自体はどの街や村にもある。当然、このカバーラにもギルドはある。ウォルターの工房予定地から見える、小さな赤い屋根の建物がそれだ。

どこの街でも、多少の試験をパスすれば資格を得られる冒険者の仕事は人気が高い。死亡のリスクはついて回るが、一獲千金の可能性もあるからだ。

モニカもまた、幼馴染に誘われて悩んだ末に、一年半ほど師事したウォルターのもとを離れて、王国の北部の田舎町で冒険者になった。

敬愛する師匠と新たな道との間で相当悩んだのか、別れ際に脱水症状を起こしかねないほど彼女が泣いたのを、ウォルターは覚えている。

「どうして……」

そんな彼女がなぜカバーラにやってきたのか。

首を傾げるウォルターの前で、モニカはにっこりと笑った。

「そりゃあ、師匠がアルカニアと冒険者ギルドから追放されたって聞いたからですよ！」

果たして彼女にとって、師匠の危機はどこにいようと見過ごせなかった。

冒険者になった今も、モニカの心にはウォルター師匠がいたのだ。

「ああ、安心してください！　『十字架の薔薇』の離脱は長期間を申請してますが、あくまで一時的なものですので！　申請を出したのも地元のギルド支部ですし、決して冒険者を辞めたわけではないです！」

モニカは驚くウォルターの前で、にっこりと笑った。

「それに……師匠が困った時、弟子が助けに来るのは当然でしょう？」

ぽかぽかと温かい太陽のような彼女の笑顔を見て、ウォルターは心のどこかに刺さっていた棘《とげ》が抜けていったのを確かに感じ取った。

気にしていない、仕方ないと自分に言い聞かせていたウォルターではあったが、やはり汚名を背負ってアルカニアを去ったのも、自分が原因で傷ついてしまった冒険者に深く詫びられなかったのも、心のしこりだったのだ。

「……ありがとう、モニカ。実を言うと、ちょっぴり心細かったんだ」

「師匠が助けを求めるなら、たとえ火の中水の中、ダンジョンの中だって私はついていきますよ！」

腰に手を当てて鼻を鳴らすモニカは、視線を師匠の後ろにずらした。

「そういえば師匠、錬金術師には工房がつきものですが、どこにあるんですか？　まさか、後ろにあるおんぼろな小屋がそうじゃないですよね？」

「残念だけど、ここがそうだよ」

モニカは目を丸くした。

「でも、素材さえあればちゃんとした工房になる。モニカ、早速で悪いけど、近くの素材屋で木材と鋼材を調達したいんだ。台車を借りるから、運ぶのを手伝ってくれるかい？」

「もちろんです！　このモニカに、お任せください！」

ウォルターの願いを聞いて、モニカは胸をドン、と叩いて駆け出していった。

彼女が「どこに素材屋があるのか、そもそも素材が何であるか」をすっかり聞き忘れて、踵《きびす》を返して再びウォルターに突進してくるのは、もう少し後の話である。


「ふうーっ！　これで並べる材料は、最後ですね！」

「ありがとう、モニカ。君がいないと、もっと時間がかかるところだったよ」

それから二人は、陽が真上に昇る頃にすっかり素材の準備をし終えていた。

家屋を作りなおすのだから、素材の量は決して少なくない。台車を借りて二、三度素材屋と小屋を往復した末に積まれた鋼材や木材は、ウォルターの背の高さほど。

大工なら、ここから作業に入って何日かかけた末に工房を組み立てるのだろう。

だが、錬金術師は違う。

素材を組み立てるイメージを浮かべて、静かに家屋に手を寄せる。指先が体を循環するエネルギー『マナ』の巡りを感じて温かくなる。

バリバリ、と彼の周囲に青い電撃のような波動が解き放たれて――。

「さて、と……あとは俺の錬金術がなまってないことを祈るだけだね――っと！」

ウォルターがぐっと力を込めると、素材と小屋が青く眩《まばゆ》い光に包まれた。

雷に打たれたように輝き、家屋の形が、素材を吸収して変化してゆく。

物質同士を合体させて一つのものを作り上げる、もしくは別の性質のものへと変える。それが錬金術師の力、魔法使いには真似できない凄まじい力だ。

わくわくと体を揺らすモニカと、手を掲《かか》げるウォルターの前で、光は次第に収まった。

「お、おおーっ！　久しぶりに師匠の錬金術を見ましたが、やっぱり壮観……」

こうしてできあがるのは、素材を吸収して再建築された工房。モニカはきっと、ウォルターほどの錬金術師であれば、豪邸のようなそれを錬成すると思っていた。

「……あれ？　なんだか地味じゃないですかね」

ところが、完全に光が消えた時、そこにあったのは質素なただの家だった。

偉大な錬金術師が工房として構えるような建物ではない。

「工房と家、二つの役割が果たせるなら最低限の設備で十分だよ。俺みたいなよそ者が目立ったところで、いいことなんかないからね」

「むむ、師匠ほどの才能の持ち主なら、もっと目立ってもいいと思うのですが……ところで師匠、これからカバーラで何をしていくか、予定はあるんですか？」

そういえば、とウォルターは少し考えこんだ。

錬金術師の生計の立て方は大きく分けて二つ。どこかで抱えてもらってお給金をもらうか、個人で錬成したアイテムを売り出すか。どこにもあてがない彼の場合は、後者だ。

「細々とアイテムを錬成して、売りに出そうかなとは思ってるよ」

「そんなの、もったいなさすぎますっ！」

ところが、モニカは納得いかない様子で首を横に振った。

「ウォルター・トリスメギストス、そしてトリスメギストスの一族といえば、知る人ぞ知る錬金術師の偉大なる先駆者！　その末裔の師匠がこんな田舎町の片隅で腐っていくなんて、一番弟子の私にとっては我慢なりません！」

「いやいや、俺は君が言うほどたいそうな人間じゃないよ。トリスメギストスだって、知る人ぞ知るとは言うけど、俺と君以外はまるで知らない名前だよ」

「だとしてもっ！　師匠はもっと高名な存在として周知されるべきですっ！」

「わ、ちょっと⁉」

ずい、と顔を寄せてきたモニカの勢いに、ウォルターは気圧された。

確かにトリスメギストスは、あまり知られていないが先時代で錬金術の発展に大きく貢献した人物の名だ。彼はその末裔で、血筋で言うならば相当恵まれている。

ならばどうして、モニカ以外がさほどそこを重要視していないかというと、ご先祖様が文献や資料をほとんど残しておらず、今や名を知る錬金術師がほぼいないからだ。

名前が覚えられていなければ、いないのと同じ扱いだ。

だとしても、モニカの中では彼は偉大な存在に違いないのである。

もっともっと、ウォルターの名も広まるべきだと考えているのである。

「お、落ち着こうか、モニカ？」

「師匠は本気を出せば、王族直属の錬金術師にだってなれる実力の持ち主でしょう⁉　だったらいっそ、カバーラで世のため人のために、錬金術の力を見せつけていきませんか⁉」

「見せつけるって、錬金術はそういうものじゃ……」

困り顔の彼の前で、モニカは名案を思いついたらしく、手をぱん、と叩いた。

「そうだ！　師匠――『何でも屋』を開きましょう！」

「へ？」

きょとんとするウォルター。

モニカはというと、まるで師匠が彼女の名案を待っていたと言ったかのように、目をキラキラと輝かせていた。

問題は、それがウォルターのやりたいことかと言われれば怪しい点だ。

「私が得意の『爆破錬金術』でバリバリ宣伝して、私と師匠の錬金術で街のお悩み事をスパッと解決するんです！　そうして実績を積んでいけば、きっとアルカニアにも噂が届いて、師匠がやっぱりいい人なんだって皆が思い直してくれますよ、間違いありません！」

「気持ちは嬉しいけど、簡単にはいかないと思うよ……？」

「いきますっ！　だって私の、自慢の師匠ですから！」

ずい、と顔を近づけてきたモニカの瞳はぴかぴかと輝いていた。

こうなった彼女が止まらないと一番知っているのは、ウォルターだ。

「そうと決まれば善は急げ！　近くに看板屋がありましたので、いい看板を作ってもらいます！　『ウォルターの錬金術工房』ってどデカく書いてもらいますねーっ！」

言うが早いか、モニカは砂埃《すなぼこり》を巻き起こすほどの速さで、再び街の中へと戻っていった。

「あ、ちょっと、待って……」

ウォルターが声をかけようとした時には、もう彼女の姿はすっかり消えていた。

いったい、看板屋なんていつの間に見つけたのだろうか。何でも屋とは言うが、どんな経営をしていくつもりなのか、そもそも当人の意見を聞いていないのではないか。

たくさんの疑問と不安がウォルターの中に浮かんできたが、彼は少し笑うと、それらをすべて頭の中から取っ払った。

（……俺一人じゃ、こうはいかなかっただろうね）

なぜなら、自分を引っ張ってくれる彼女の存在が、今はとてもありがたかったからだ。

活発なモニカがいるだけで、もやもやとした感情が晴れやかになったからだ。

（本当にありがとう、モニカ。君はやっぱり、頼りになる一番弟子だよ）

じきに帰ってくるであろうモニカを待ちながら、ウォルターは微笑んだ。

戻ってきたなら、何でも屋をやってみたいと言おう。モニカにも、よかったら手伝いをしてほしいとこっちから言おうじゃないか。

そんな風に独り言《ご》ちる彼の予想よりも早く、モニカが駆けてきた。

「ししょーっ！　看板を早速作ってもらいましたよ、これで……どわーっ⁉」

「ああ、でも無茶をするところは直してほしいかなーっ！」

自分の背丈の倍ほどもある豪勢な看板を掲げ、すっ転んだモニカ。

顔面から地面に激突した彼女を見て、蒼白で駆け寄るウォルター。

近くまで来た二人は顔を見合わせると、どちらともなく笑った。


こうして、錬金術師達の騒がしい日々が幕を開けたのであった。

# 第三章

「――みなさーん！　『ウォルターの錬金術工房』、開店二日目ですよーっ！」

ウォルター・トリスメギストスがカバーラに移住し、工房を建ててからはや二日。

彼の工房の前では連日、愛弟子のモニカ・シャムロックが何でも屋の宣伝を続けていた。

「あなたのお悩み、困りごとを偉大なる大錬金術師、ウォルター・トリスメギストス氏が即座に解決！　今なら私の『爆破錬金術』の花火も飽きるまで見放題、代金も半額の出血大サービスですよ～っ！」

弟子の手伝いをありがたいと思う半面、モニカの後ろで腕を組むウォルターの顔は、どこか困った調子でもあった。

というのも、彼女はお得意の爆破錬金術を使った花火をひっきりなしに空に向かって撃ち続けてアピールしているのだ。

火薬と可燃性の素材、自身のマナで花火を錬成して発射するのは、モニカの十八番である。

「ポーションから武器、アイテムの再錬成、些細な相談から超ド級の相談まで何でも大歓迎でーす！　さあさあ、売り切れ御免～っ！」

獣を脅かしたり、泥棒を追い払ったりするのにはうってつけだが、公衆が通りゆく道のど真ん中で赤、青、緑の花火をぱんぱんと発射し続けるのは、もはや一種の公害に近い。

ウォルターは何度か彼女をやんわりと止めたのだが、使命感に燃えるモニカを制するのに、彼のようなちょっぴり気弱な青年では不可能だろう。

いつ警邏隊《けいらたい》を呼ばれるかと不安がる彼を見て、モニカは花火を止めて近寄ってきた。

「……うーむ、まるで人が来ないですね……せっかく工房も、豪華にしたのに……」

彼を心配したというよりは、どうして工房に人が来ないのかと疑問に思っているようだ。

(工房のせい、とは言えない雰囲気だなあ)

依頼者が近寄らないのは、屋根が隠れるほど巨大な看板も原因の一つに違いない。

もちろん、これはウォルターが錬成したものではない。モニカが勝手に設置したのだ。

『どうですか、師匠のすばらしさを表現してみましたっ！』

だが、昨日はもっと酷かった。

朝、ウォルターが目を覚まして、モニカと一緒に外に出て、日課の体操をしながら何気なく振り向いた時、目に飛び込んできたのは金銀の装飾がちりばめられた縦長の屋敷だった。

『……こ、この大きい看板は？　どうして三階建てになってるのかな？』

騒めく群衆が集まる中、この錬成をやってのけたモニカは胸を張った。

『師匠の偉大さは、これくらいでは表しきれません！　なので、師匠が寝ている間に、サプライズとして専門業者さんにリフォームしてもらいました！』

『……俺、起きなかったの？　工事してたのに？』

『はいっ！　よっぽどお疲れだったのでしょう！』

にっこりと笑うモニカに、悪意はまったくない。

善意一〇〇パーセントでやってのけるのだから、ある意味凄い子だ。

『おっと、私としたことが、看板の横にモニュメントをつけるのを忘れていました、ちょっと業者さんに頼んできますっ！』

『ま、待って！　さすがにそれはやめよう、恥ずかしいからっ！』

結局、ウォルターではモニカをほぼ止められなかった。

こうして爆誕したのが、屋根がみしみしと音を立てるほど巨大な看板と、ウォルターの顔を模したモニュメントだ。こんなものが、周囲の目を引かないわけがない。

（どうにかましにはしたけど、看板とモニュメントだけは残させられたんだよね……）

ふう、と嬉しさ半分複雑さ半分のため息をついて、ウォルターは小さく笑った。

「聞くところだと、カバーラは錬金術師が多い街みたいだからね。わざわざ俺に頼る必要もないんじゃないかな。それに……」

宣伝に必死になっていたモニカは気づいていないようだが、ウォルターにはカバーラの街に広がる彼への評価が聞こえていた。

「おい、ウォルターってあれだろ？　アルカニアで問題を起こした錬金術師だよな？」

「そんなのがカバーラに来て、何をしでかすつもりかしら」

「商売敵《しょうばいがたき》になるんだ、さっさとアルカニアにでも戻ってくれた方がありがたいぜ」

誰も彼を歓迎していなかった。

ウォルターの悪評は、既《すで》にすっかりカバーラにも広まっていた。

モニカの派手な宣伝が悪いわけではないが、世間的に見れば、ウォルターはアルカニアでトラブルを起こしたからカバーラに来ただけの男だ。

同業者からすれば商売敵で、街の人々からすれば彼に頼る理由もないだろう。

「……噂は早いものさ。俺はもう、ここでもあくどいインチキ錬金術師ってわけだよ」

やっとモニカも歓迎されていない空気を察したようで、腰に手を当てて頬を膨らませた。

「なんですとっ⁉　あらぬ悪評を広めるとは……陰湿なサブリーダーめ、許すまじ、です！」

「仕方ないよ。俺の売ったポーションで副作用が出たのは、事実だから」

「ですが、師匠から聞いた錬成元の素材では、冒険者が言っていたような副作用が起きるはずがありません！　どう考えても別の理由があるのに、師匠を追放したサブリーダーは横暴です！」

彼女の反論は正しい。

ただ、正しいからといって本来あるべき道筋通りに物事が進むとは限らない。

「必要な犠牲、ってやつさ。ジタバタしたってどうしようもないよ」

モニカは眉間にしわを寄せた。

「じゃあ、師匠は諦めてしまうのですか⁉」

少しだけ強い言葉を受け取り、ウォルターは押し黙った。

彼女にとって、ウォルターは偉大なる錬金術師だ。貶《おと》しめられ、誰にも頼られずに腐っていくというのは世界の損失であると、本気で思っている。

一方でウォルター自身はというと、自分の才覚を卑下するわけではないが、自分の役割と有名になることとは必ずしも合致しないと考えていた。

「……錬金術は金儲けのためでも、私腹を肥やすためのものでもない。人の笑顔を守るためのものだ。俺はどこにいても、頼られたなら応える、それだけで十分だよ」

彼の願いと夢は、錬金術で人を笑顔にすることだ。

自分が力を貸さずとも、人々が日々を満足に生きられたなら、それで満足なのだ。

「むむむ、師匠の才能はもっと評価されるべきだと思いますが……」

ウォルターを神格化すらしているモニカが、少し不満げに首を傾げた時だった。

「――あの、ちょっといいですか……？」

行き交う人の隙間から出てきた男が、二人に声をかけてきた。

こぎれいな見た目に、丸くて大きな眼鏡と剥《は》げた頭頂部が特徴的な男。ウォルターよりも年上のはずだが、背が小さく痩せっぽちで、何とも頼りない男である。

それでも、今の二人に話しかけてきたというのはつまり、用があるというわけだ。

「ややっ！　もしかして、錬金術絡みのトラブル相談ですか！」

「え、ええ、そんなところです……」

モニカが顔を寄せると、男は目を逸らしながら頷いた。

仮に何気なく声をかけただけだとしても、この圧では否定できないに違いない。

「でしたら早速中へ！　私が相談をお聞きして、師匠があっという間に解決しちゃいますよ！

ああ、こちらは利用者特典の師匠の錬金術製のおもちゃです、お子さんにあげるか自分でコレクションにしてくださいそれとそれと……」

「モニカ、お客さんが困ってるよ」

「おっと！　これは失礼しました！」

身振り手振りで一層圧力をかけていくモニカを見かねて、とうとうウォルターが話に割って入った。こうでもしないと、男の方が委縮してしまいかねない。

「すみません、俺の弟子は少し押しが強くて……ご相談ですね？」

「間違いないです。でも、相談したいのは僕ではないんですよ」

ふむ、とウォルターが顎《あご》に指をあてがった。

「では、誰が？」

「今呼んできますね、ちょっとだけ待っていてください」

男はそう言って、工房の裏へと行ってしまった。

ウォルターとモニカが待っていると、彼が誰かを説得する声が聞こえてきた。

「……だから、ここ……君の……痛……ぎゃっ……！」

いや、説得というよりは懇願と呼ぶべきだろうか。

明らかに彼は反論だけでなく、暴力まで振るわれている。人間と会話しているというよりは、しつけられていない犬猫を連れてこようと必死になっているかのようだ。

「師匠、あの御仁はどうしたのでしょうか？」

「誰かを呼びに行ったみたいだけど……あ、戻ってきたみたいだ」

ウォルターとモニカが顔を見合わせていると、顔に引っかき傷を作った男が戻ってきた。

やはり、猫か何かを説得していたのかとウォルターは思った――。

「――はにゃにゃにゃ～んっ♪　あなたのハートにねこねこパンチ！　カバーラのナンバーワンアイドル冒険者、アイにゃんがやってきたにゃ～ん♪」

だが、あらゆる彼の予想は、工房の陰から飛び出してきたそれに吹き飛ばされてしまった。

なんせ二人の前に現れたのは、奇々怪々極まる格好の少女だったのだ。

髪はどぎつい桃色のツインテールで、インナーカラーは水色。ゴシックロリータ調の冒険者コスチュームと桃色の瞳に浮かぶハートマーク、トランジスタグラマーな体型のせいで、異様なほど周囲から浮いている。

そんな少女がかわいこぶりっ子、ベタベタの笑顔全開で飛び出してきて、くねくねとポーズをとっているのだから、ウォルターもモニカも唖然《あぜん》とした。

「……し、師匠……！」

「目を合わせちゃダメだよ。ゆっくり、ゆっくり後ろに下がるんだ」

猛獣を前にしたような態度で後ずさる二人を、少女は見逃さなかった。

「あれあれ～、なんだか皆、元気がないぞ～？」

さっと回り込んできた少女が顔を覗き込んでくるのを、ウォルターは必死に耐えた。

ドラゴンの舌なめずりにも似た緊張感と未知への恐怖をどうにかこらえていた。

「そこのおにーさんとおねーさん、アイにゃんが元気を分けてあげるねっ！　せーの……きゅるきゅるにゃんにゃん、にくきゅ～び～むっ♪」

だが、直後に放たれた、ぐるぐる手を回した末の猫の真似のポーズで、とうとうウォルターとモニカの思考が完全に破壊された。

「…………」

「…………」

脳の思考容量を超過した二人は、ただ突っ立っているだけの置物と化す。

通りを行き交う人々の白い目に気づいたのは、男と少女だけだったが、ここまでやると引っ込みがつかないのか、もう一度可愛げあるポーズでアピールしてみせた。

「……に、にくきゅ～び～むっ」

奇々怪々な行動だが、どうやら敵意や悪意はないようだ。

それを察したらしいウォルターは、やっと我に返った。

「ええと、こちらの方が相談者ということで、間違いありませんか？」

「はい、そうなんです。彼女の悩みを解決してほしいんです」

なるほど、ならば話は簡単だ。

ウォルターははっきりとそう結論付けなかったが、モニカには二人の悩みが何となく理解できていた。きっと、おかしくなった女性をどうにかしてほしいのだろう。

「申し訳ありませんが、ここは錬金術工房です！　幻覚キノコの症状を治したいのなら、カバーラ中央診療所に行った方がいいですよっ！」

モニカが自信満々に言うと、少女の顔から急に笑顔が剥がれた。

「誰がラリってるってぇ⁉」

そしてたちまち、憤怒の形相で少女が怒鳴り散らした。

「わぁっ⁉」

モニカが驚きのあまり後ろに転んでしまうのを見て、少女は慌てて自身の頬を揉みほぐし、先ほどまでのベタな笑顔を作り上げた。

「と、とにかく、話は中で聞きましょうか。どうぞ、入ってください」

こんな調子では話が進まないと思ったウォルターは、工房に二人を案内した。

工房とはいうが、玄関の奥にはリビングと廊下、キッチンがある普通の家屋だ。

強いて言うなら、キッチンのさらに奥に、どこか武骨な部屋がある。大きな鍋が一つと、山ほどの本が並んだ本棚のあるそこが、工房と呼ばれる場所だ。

「お邪魔します……」

「抜き足差し足、猫の足～♪　おじゃましにゃんにゃんにゃん♪」

ウォルターとモニカに続いて、男と少女も工房へと足を踏み入れる。

「ひとまず飲み物を淹れてきますね！　師匠はいつも通りの赤豆コーヒーの砂糖入りにして、お客さんも同じでいいですか？」

「はい、コーヒーでお願いします」

「アイにゃんは猫舌だからぁ～、ふーふーして冷まして持ってきてにゃん♪」

「わかりました、ぬるめで持ってきますね！」

モニカがコーヒーを淹れにキッチンへと向かうと、男と少女がソファーに腰かけた。

少女の方はというと、なぜかそわそわして落ち着かない様子だ。

「……マネージャーたん、誰も見てないにゃん？」

愛らしい笑みを浮かべた彼女の顔が、少しだけ引きつっている。

「あ、う、うん。外から覗いてる人もいないし、ここにいるのは僕達だけだし……キャラは解除してもいいと思うよ」

「キャラ、解除？」

「ふぅ～、ぽんぽんっ♪　アイにゃんモードはおひさまから『ねこねこエネルギー』をもらわないと長続きしないにゃん、と……」

ウォルターが首を傾げると、少女は今までで一番の笑顔を見せた。

「――あー、疲れた。やっぱしんどいわね、このキャラクター」

そして、たちまち憑《つ》き物が落ちたかのように真顔になった。

いや、顔だけではない。雰囲気や挙動、何もかもがさっきまでと違うのだ。

女性らしさを感じさせるちょこんとした座り方から、がさつに大股を開いた座り方へ。

何も知らない男が見ればときめく笑顔は、気だるそうな、しかし苛立ちに満ちた顔へ。

甲高い声は、トーンの落ちた声へ。

こうも変われば、もはや同じ外見だろうと、別人にすら思えてしまう。

「……え？」

「え、じゃないわよ。つけ耳と偽の尻尾に決まってんでしょ、こんなの」

はん、と嘲《あざけ》るように鼻を鳴らした少女に、もう先ほどまでの面影はない。

「それともあんた、マジであたしが猫でいっぱいのにゃんにゃんランドから来た獣人族の、アイにゃんだって信じてたわけ？　だったら相当の世間知らずかおマヌケね」

あまりの落差にウォルターが言葉を失っていると、男が慌てて会話に混ざってきた。

「彼女、そういう売り方をしているアイドル冒険者なんですよ。芸名はアイリス・ラブ・ワンダフルですが、本名はアイリス・ロナガンで、年齢は……痛だっ！」

「喋んじゃないわよ、ジャーマネ！　ゴツイ苗字と実年齢はイメージ下がるでしょうが！」

ジャーマネ、と呼ばれた男は少女――アイリスに頭を殴られた。

何かとフォローを入れる立場らしいジャーマネだが、関係性は明らかだ。どう見ても、ジャーマネはアイリスの小間使い程度の扱いである。

（イメージの心配をするなら、今の時点でかなりマイナスだと思うけど……）

困った調子で苦笑いするウォルターを、アイリスがじろりと睨《にら》む。

「はあ……というかアンタ、もしかしてあたしのことも、アイドル冒険者も知らないの？」

「ごめんね。錬金術ひと筋で、世間の流行《はや》りには疎《うと》いんだ」

「ふーん、要するにオタクね。まあいいわ、せっかくだし教えといてあげる。アイドル冒険者ってのはね、歌って踊って、みんなに夢と希望を与える存在よ」

腰のポーチから棒状のアイテムを取り出し、アイリスがすっくと立ちあがった。

「魔物と戦う時だって野蛮人みたいに剣を振るってばっかりじゃないわ。このマイクって呼ばれる魔道具に歌声を乗せて、仲間を強化してあげるの」

ここまで説明されれば、ウォルターも何となくではあるが、アイドル冒険者がどのような存在なのかを理解できた。まずアイドルとは、踊り子に近い仕事だと予想できる。

　そして冒険者にも彼女と似たような役職、吟遊詩人——バードがいる。歌や踊りの形をとった魔法で仲間を鼓舞し、勇猛さを高める特殊な職業だ。

　もっとも、彼女が手にしているマイク、とかいう魔道具は使わないのだが。

「というかあたし、カバーラじゃけっこう有名なアイドルなんだけど？　あたしの新曲『ときめき☆にゃーちゅんラブ』、聞いたことないの？」

　自作の音楽を売り出すほど仕事に精力的らしいが、ウォルターは当然知らない。

「……ここに来て二日経つけど、どこでも聞いてないね……」

「ジャーマネ！」

「は、はいっ！」

　彼の返事を聞いたアイリスがジャーマネを蹴り上げると、彼はべそをかきそうな顔で鞄を漁り、ソファーの前のテーブルに大きな装置を置いた。

　隣に手のひらほどの銀色の円盤を置いたのを見て、ウォルターはこの装置が何であるかを思い出した。しばらく前、アルカニアの行商人が売り出していた珍しいアイテムだ。

「それは……アルカニアで見たことがあるね。確か、円盤に魔法で記録した音を流す装置だったっけ。魔法技師が造ってたよ」

「こっちは知ってるのね。あんた、錬金術師ならこんなのもパパッと作れないの？」

ガチャガチャと装置をいじるジャーマネには見向きもせず、アイリスが言った。

「さすがにここまで複雑なアイテムは、専門家に任せた方が早いかな」

「あっそ。ジャーマネ、流しなさい」

アイリスに急かされたジャーマネが、円盤を挟んだ装置の丸いボタンを押すと、その真下にある穴から誰も歌っていないのに歌声が聞こえてきた。

『君に届けるよホントの気持ち♪　立てた尻尾がＬＯＶＥの証♪　恋のサバイバル、誰にも負けないアイにゃんのときめき♪　びびび～む♪』

――歌というより、聞くに堪えない騒音が。

ウォルターはバラードの専門家でもないし、人の歌唱を評価できるほどのセンスの持ち主でもないが、それを差し引いてもアイリスの歌声はひどかった。

まるで、金属同士をガリガリと擦り合わせているような音なのだ。

「…………」

「どうかしら？　この曲、結構自信作なのよ？」

ジャーマネがボタンをもう一度押して歌を止めなければ、ウォルターはとても返事などできなかっただろう。モニカがここにいれば、失礼な評価を下していたに違いない。

幸いにも、彼は努めてかどが立たない言葉を選べるほどの平静さを保っていた。

「……味があるね……」

「！　ふふーん！　オタクのくせに、センスは悪くないじゃない！」

ジャーマネは真意を察したようだが、アイリスはそのままの意味で受け取った。

彼女がにっこりと笑う様子を見て、ウォルターは猫を被って奇妙な動きをしているよりもこっちの方が可愛いのに、と思った。

機嫌よくアイリスがどかっとソファーに座った時、コーヒーの載った盆を持って、モニカがキッチンから戻ってきた。

「お待たせしました……どわああっ⁉　アイにゃんさん、耳が、尻尾がっ⁉」

目玉が飛び出るほど驚いて、危うくコーヒーをひっくり返しそうになった反応を見るに、モニカはリビングでの会話を聞いていなかったようだ。

「あー、いちいち説明するのもめんどいわね。あんた、説明しときなさい」

やれやれ、とため息をついてウォルターが言った。

「落ち着いて聞いてね、モニカ。彼女は獣人族のふりをしてるだけの、アイドル冒険者のアイリスさんなんだ。これまでのセリフは全部猫かぶりで、今が彼女の本性……痛だっ！」

「本性って言うんじゃないわよ！　それじゃああたしが、性格悪いみたいじゃない！」

向かいに座るウォルターの額をアイリスが小突く。

すると、盆をテーブルの上に置いていたモニカの目つきがたちまち敵意に満ちた。

「アイドルか何だか知りませんが、師匠への暴力は許しませんよ！」

「はぁ～？　あたしとやるってんなら、怪我じゃすまないわよ？」

「こらこら、ここじゃ喧嘩はご法度だよ！」

立ち上がり、顔を近づけながら歯軋《はぎし》りで威嚇《いかく》する二人を、ウォルターが引き剥がした。

モニカは盆を振り上げて、いつでもお前を追い出せるのだぞ、とアピールしていたが、アイリスはあっさりと自分を落ち着かせてもう一度ソファーに座った。

「はあ……説明もしたし、話がごたつく前に、本題に入らせてもらうわよ。あたしがあんたを頼ってきたのは、治療効果を持つポーションが欲しいからよ」

錬金術の相談と聞けば、ウォルターとモニカも真面目に耳を傾ける。

向かいのソファーに座る二人に、アイリスが話を続ける。

「あたし、生まれつき喉に病気を抱えてるの。声が出なくなるとか、血が噴き出すとかってほどじゃないけど、歌い終わったら喉がいつもイガイガして仕方ないのよね。でも、普通の薬なんかじゃあんまり効果がなかったのよ」

どうりで、アイリスの歌がどこかおかしかったわけだ。

喉をフォローしていれば、音程もおかしくなる。しかも庇《かば》いきれていないのであれば、痛みをこらえて歌っているのだから、当然おかしな歌になるに決まっている。

ようやくウォルターは、アイリスが真っ当な理由でここに来たのだと理解した。

「確かに錬金術で作ったポーションなら、薬と比べて治癒効果も高いね。でも、カバーラなら錬金術師はいくらでもいるし、他の人に頼んでみなかったのかい？」

「依頼はしたわよ、隣にいるこのボンクラがね！」

「ひんっ⁉」

アイリスがジャーマネの横腹を肘で小突くと、彼がうめいた。

よくもまあ、こんな乱暴者についていくものだとモニカは思った。

「ポーションを何本、どこの誰が錬成したのを持ってきても、苦くて飲めたもんじゃないわよ！　あれを毎日飲むくらいなら、ドラゴンの胆液を一気飲みした方がまだマシよ！」

アイリスの言う通り、ポーションとはどちらかといえば苦くて飲みにくいのがこの世界での常識だ。彼女のように、苦《にが》みのせいで飲むのを拒むのもそう珍しくない。

「確かに効果を高めた治癒系のポーションは、素材の都合で苦くなることが多いね。けど、素材を選べば甘いポーションだって作れるはずだよ？」

「甘いのもあったわ、そしたら今度は効果が薄いんだもの！」

ただ、甘いポーションというのは往々にして、効きが悪いものだ。

良薬は口に苦しというが、ポーションはその最《さい》たるものである。

一般的に苦ければ苦いほど効能が強く、逆にシロップや果実ジュースのようなポーションは、ちょっとした飲み薬程度の効果しかない。

アイリスが望む、喉の痛みをどうにかするほどの効果を得ようと思うなら、多少我慢してでも苦いポーションを飲まないといけないだろう。

ワガママな彼女がそれを良しとして無理して飲むとは到底思えないが。

「先週、アルカニアまで足を運んだ時なんて、もう最悪だったわよ。ギルドのサブリーダーのパトリオット、だったかしら？　なんだかねちっこい目でこっちを見てきて、頼んでもないのにポーションを作るとか言ってくるし、ライブに来る厄介なファンよりウザかったわ」

ウォルター達の脳裏に、あのパトリオットの顔がちらつく。

堅物の彼女だがアイリスにデレデレしている顔は、思ったよりも簡単に想像がついた。

もっとも、彼がアイリスを満足させられたのなら、彼女はここには来ていないだろう。

「で、仕方ないから作らせてみたけど……苦い癖に喉に刺さる感覚がひどくて、最悪なんてもんじゃなかったのよ！」

「そこまでひどいなんて、あり得ないと思うけど……」

「現物を持ってきてあんたに飲ませてやりたいくらいよ！　ったく、営業モードじゃなかったら、マイクで顔面をボコボコに殴り倒して、親でもわからないようなブサイク面にしてやるところだったわ！」

ウォルターは困り顔だったが、モニカは当然だと鼻を鳴らした。

「パトリオット氏は、錬金術師としては三流ですから！」

「そんなこと言っちゃダメだよ、モニカ」

彼はモニカをたしなめたが、パトリオットが錬金術師であったことは知っていたし、ギルドのサブリーダーになってからはそちらの仕事が疎かになっているのも知っていた。

彼がどんな素材で、どんなやり方で錬成をしたのかはわからないが、アイリスの眉間にしわが寄るほど苛立たせているのだから、相当ひどいポーションを渡したに違いない。

隣で滝のような汗を流すジャーマネが、彼女を落ち着かせるのも苦労しただろう。

「冒険者ギルドでアイリスちゃんをなだめていた時にですね、偶然あなたの話を耳にしたのですよ、ウォルターさん」

「俺の話を？」

「アルカニアの冒険者がね。なんでも、ずっとギルドでポーションを作ってたとか？」

実績を聞かれたウォルターが頷いた。

「……だったら、他の話も聞いたのでは？　俺のやったことを？」

「やったこと？　錬金術以外に、何か副業を？」

試すようにウォルターが問いかけたが、ジャーマネは首を傾げた。

どうやら運よく、彼のしでかした大失敗は伝わっていないようだ。

「うだうだ話してんじゃないわよ、二人とも！」

ほっとひと安心した彼の前で、アイリスがテーブルを乱暴に叩いた。

「とにかく、あたしは甘くて効果抜群のポーションが欲しいの。ほら、あたしは最初のお客様なんだから、さっさと錬成してちょうだい」

「どうかお願いします、もうここしかあたるところがないんです……！」

ジャーマネは必死な態度で頼み込んだが、アイリスは困っている当の本人だというのに、どっかりとソファーに腰かける。

こんな横柄な態度だから、きっと誰もポーションを錬成したがらないのだろう。

モニカは、アイリスが要望通りのポーションを得られなかったのは、単に頼んだ錬金術師の腕前だけでなく、きっと彼女の横暴さにもあると思った。

ぶりっ子のワガママな乱暴者に、誰が手を貸してあげたくなるものか。

「うーむ、師匠！　こんな不躾《ぶしつけ》な人に、ポーションなんて――」

だからモニカは、必要であれば自分が二人を工房から放り出すつもりですらいた。

師匠の大事な時間を割かせてなるものかと決意していたのだ。

「――わかった、作ってみせるよ」

ところが、師匠は驚くほどあっさりと返事をした。

ポーションを作る。

モニカどころか、仕事を頼みに来たはずのアイリスとジャーマネすら目を丸くしていた。

びっくりしていないのは、にっこりと笑っているウォルターだけだ。

「……え、マジで？」

「マジでも何も、それがないと喉が痛くて困るんだろう？　困ってる人がいて、俺にできることがあるなら何でもする。それが、トリスメギストスの一族の教えだよ」

こんな風に快諾された経験がないのか、アイリス達はきょとんとしている。

一方でモニカはまだ師匠の身を案じているようで、彼に耳打ちした。

「師匠、でも、こんな乱暴な人に……」

「乱暴かどうかは関係ないよ、モニカ。大事なのは、その人の力になれるかどうかだ」

こうまで言われると、いくら不満でも、モニカも彼を信用するしかない。

何より、大好きな師匠の教えは彼女にとっても正しいものだ。

「ちょうどいい素材があるから、早速錬成をしようか。奥の工房に行こう」

ウォルターが立ち上がって案内すると、モニカと依頼人の二人がついてゆく。

キッチンのさらに奥へと足を踏み入れたウォルターが、大きな鍋や材料を調達する後ろで、アイリスが工房のさまを見て鼻で笑った。

「随分と質素な工房ね。他の錬金術師はもっと派手で、中には工房だけで一つの家みたいなのもあったわよ。こんなところで、本当に最高のポーションが錬成できるわけ？」

彼女も何人かの錬金術師にポーションの錬成を依頼する過程で、工房を見てきた。

一番豪華なところ――パトリオットのところは、純金製の大鍋に金貨数十枚を揃えても買えない高級素材、一軒家ほどの広さの工房だった。他の工房も、どれだけしょぼくれていても鍋は銀製だったし、本棚には綺麗な本がずらりと並んでいたものだ。

なのに、ウォルターの工房ときたらちょっぴり黒ずんだ鉄製の鍋に、一つの棚とボロボロになった本、手作りらしいテーブルの上に散乱する素材しかない。

「むむっ！　素人が師匠の工房をバカにするのですか！」

「はっ、素人でもわかるくらい貧相な方が問題じゃないの？」

モニカが隣で番犬の如く唸《うな》ろうとも、アイリスが小バカにするのは当然だ。

「最高かはともかく、君の悩みを解決できるポーションは錬成できるさ」

さて、当のウォルターはというとまるで気にしていない様子である。

「ふぅん……ま、お手並みを拝見させてもらおうかしら」

腕を組んで壁にもたれかかるアイリスに微笑んで、ウォルターはテーブルの上に置いてあった本のページ端に何かを書き込むと、モニカに渡した。

「モニカ、奥のアイテムボックスからこの材料を持ってきてくれ」

「はいっ！」

忠犬の如く駆け出したモニカは、工房のさらに奥に鎮座する木製の大きな箱を開いて、中身を漁り始めた。人が三、四人は詰め込めそうなチェストボックスだ。

ポイポイと関係のなさそうな素材を放り出し、必要なものを抱えたモニカは、どたどたと戻ってきてそれらをテーブルに広げた。

「お待たせしました！」

何かの羽に、何かの植物の根っこに、何かの草の束に、何かの鉱物。

どう使うかはさっぱりだが、いずれもアイリスですら見覚えがある素材だ。

「……あのさ、これが今回錬成するポーションの材料？」

「うん、そうだよ」

ウォルターのあっさりとした返答を聞いて、アイリスがテーブルを乱暴に叩いた。

「『マンドラモドキ』に『夕暮れ草』、『ゴーレムの歯』、『ロック鳥の尾羽』……これって全部、素材屋に行けば子供のお小遣いでも買えるものばかりじゃない！　こんなのが、あたしの喉に効くなら世話ないわよ！」

アイリスがなぜ怒っているかというと、これらはどれもこれも、素材屋の店頭で投げ売りされているようなありふれたものばかりだからだ。

今まで彼女が飲んできたポーションの素材は、どれも一級品ばかりだった。

銀貨、下手をすれば金貨をはたいても買えないそれらですら効かないしまずいのだから、ウォルターが用意した素材にとても期待できるわけがない。

「あ、アイリスちゃん、落ち着いて……痛だっ！」

「あんたは黙ってなさいよ、クソジャーマネ！」

彼に蹴りを叩き込みながら、アイリスは吼《ほ》えるばかりだ。

膝を抑えるジャーマネが何とかなだめようとするが、自分がバカにされていると思い込んだ彼女を止められない。

「もしかして、あたしが錬金術の素人だからって、くだらない粗悪品でだまくらかそうなんて思ってないでしょうね？　こっちだって多少なりともポーションについて調べてるんだから、ナメたマネしたら、ただじゃおかないわよ！」

口から火を吐きかねないほど怒り狂うアイリスだったが、錬金術師達は落ち着いていた。

「ふふん、あなたはご存じないでしょうが、師匠にとってはこれで十分なのですよっ！」

モニカがふふん、と胸を張るのを見て、アイリスから次第に怒りが霧散《むさん》した。

「十分って、どういう……」

彼女が疑問を口にするより先に、ウォルターが素材を掴んで鍋に投げ入れる。

それぞれが小さな反応を起こして、ポコポコと鍋の中から音が漏れる。

「モニカ、アイリスさん。錬成を始めるから、少し離れていて」

こう言われれば従うしかなく、アイリスは言葉を呑み込んで、ジャーマネと一緒にモニカの指示に従ってテーブルと鍋から離れた。

「ところで、アイリスさんは錬金術がどういうものか知ってるかな？」

壁にかけられたグローブをはめるウォルターの問いに、アイリスが焦った調子で答える。

「そ、そりゃあ知ってるわよ。特定のアイテムに錬金術師が持つマナのエネルギーを注ぎ込んで分解して、別のものに作り変える力よ。マナをただ放出するだけの魔法とは、難易度が全然違うってのも、言っておいた方がいいかしら?」

「もちろん、誰にでもできるわけじゃありません! 繊細なマナの調節、素材に適した変化の時間管理、その他諸々の条件をクリアして初めて、錬成は完了するのです!」

「説明してくれてありがとう、モニカ。中でも素材の質は、一番大事だ」

もうすっかり、アイリスはウォルターにくぎ付けだった。

侮辱されているのだろうか、という不安も怒りも、もうどこにもない。鍋の前に立って、グローブを外して両手をかざすウォルターのその手のひらから、視界が青く染まるほどの光が迸《ほとばし》っているからだ。

あれが錬金術の発動に伴うマナの光だと、アイリスは知っている。

だとしても、あんな眩い光は見たことがない。

これから何が起きるのかと、彼女が期待と好奇心でわずかに身を乗り出した時だった。

「だからこそ——俺の『瞳』があれば、何でも錬成できるっ!」

ウォルターの右目が、カッと見開いた。

同時に、鍋の中身が七色に輝き出したのだ。

狭くて薄暗い工房の中が、明るい光に溢れている。アイリスも何度か錬成の現場に立ち会ったが、こんな光は見たことがない。

「な……何なのよ、これ⁉　ただの錬成で、こんな光が起きるわけ……！」

「ふふふ、師匠なら当然です！　あの目を見てください！」

モニカが指さす先にいるウォルターを、アイリスはかろうじて視界に収めた。

青く輝く手を七色の鍋にかざし続ける彼の目は、明らかに異様だった。

「右目が……光ってる？　それに、変な文様《もんよう》が……」

彼の右目には、三つの花弁が重なったような文様があったのだ。

目が光を放ち、鍋から爆発しそうな量のマナを抑え込んでいるようにも見えた。

「あれはウォルター師匠の一族、トリスメギストスの血筋だけに伝わる『カドゥケウスの瞳』です！　あの目が輝いている間、師匠のマナは錬成される前の素材そのものを、最も良い状態に錬成することができるんです！」

「錬成前の素材を……錬成する⁉」

茶色い髪を鍋からの風圧で揺らすモニカの言葉を、アイリスはとても信じられなかった。

素材を使ってアイテムを錬成するのが、錬金術だ。その大本《おおもと》である素材をさらに錬成するなど、労力の無駄に他ならないし、たいした成果も得られないのが常識だからだ。

なのに、ウォルターを見れば、とても無駄だとは思えない。

眩く輝く凄まじいパワーが、彼の両手のひらに渦巻いているのだから。

「はい！　師匠はその力を使って、どんなひどい素材からでも最高級のアイテムが錬成できるのですが……師匠の本当に凄いところは、錬金術の技量ですよ！」

アイリスやジャーマネがよろめくほどの光の勢いの中で、ウォルターは平然としている。

マナを制御できる技量と集中力が、彼を揺るがせない。

「お、おお、おおお……！」

「素人のあたしでもわかるわよ……素材の純度を保ちながら、あれだけの量のマナを微調整してみせるなんて、普通ならできやしないってことくらい！」

アイリスの目に映るウォルターは、もうただの錬金術オタクではない。世界の終りの如く螺《ら》旋《せん》を描くマナを操り、鍋の中に収束させていく、稀代の大錬金術師だ。

「モニカ、だっけ⁉　このオタク、何者なのよ⁉」

「だから言ったでしょう、世界最高峰の錬金術師、ウォルター・トリスメギストスですよ！」

にっと笑うモニカの前で唖然とするアイリスを、ウォルターは横目に見ていた。

(褒めすぎだよ、モニカ。まあ、弟子に自慢されるのは、悪い気はしないかな)

顔をほころばせながらも、彼は錬成への集中を途切れさせない。

光が次第に収まっていくにつれて、混ざり合った鍋の中身が見えてくる。

ばらばらだった素材がマナの影響を受け、どろりとした藍色の液体へと変貌している。

「ふう……よし、できた」

そして、完全に光が鍋の中に消えた時、ウォルターは静かに手を下ろした。

瞳の文様も消えて、手のひらの輝きも消えている。残ったのは、おんぼろな鍋の中でちゃぷちゃぷと音を立てて揺れる液体だけだ。

桃色の髪を整えるのも忘れて、アイリスはモニカと一緒に鍋のそばに近寄った。

「鍋の中身が、ポーション、見たことないでしょう？」

「こんな澄んだ色のポーションに……」

藍色の液体は、鍋の底が見えるほど透き通っていた。

アイリスが生まれてから見てきたどのポーションより、どの液体より綺麗な色だ。

「あとはこれを掬《すく》って、と……はい、どうぞ」

本棚のそばの小さなフラスコに液体を注いだウォルターは、それをアイリスに渡した。

「どうぞ、って？」

「飲んでみて。きっと、あなたを笑顔にできるはずだから」

ジャーマネが不安げな顔で見つめる中、彼女はフラスコの口をぎゅっと握る。

もしも、こんなに美しい液体を飲んでも、どうにもならなかったら。

わずかな不安を胸の内に閉じ込めて、アイリスは強がりを込めてウォルターを睨んだ。

「……あたしの口に合わなかったら、フラスコで頭をかち割ってやるわよ」

「そうはならないよ。きっとね」

「……フン」

試すようなウォルターの笑顔を一瞥《いちべつ》して、アイリスはフラスコの中身をひと口飲んだ。

ごくり、とジャーマネが心配そうにつばを飲み込む音だけが、工房に響く。

ポーションが反応を起こし、アイリスの喉が内側からぽう、と淡く光る。

モニカがどきどきを隠せない顔で見つめる中、ぐい、と口元を拭ったアイリスはポーションの入ったフラスコを置いて小さなため息をついた。

「……あ」

「あ？」

失敗か。

ジャーマネが天を仰ごうとした時だった。

「──あっま〜〜い♪」

アイリスの表情が、至福に満ちた。

アイドルの猫かぶりよりもずっとピュアで甘ったるい声と共に、彼女の顔が蕩《とろ》けてゆく。まるで、生まれて初めて甘味を口にしたかのようなリアクションだ。

「ケーキ？　パフェ？　ううん、もっと甘くて美味しいのにしつこくなくて、何本でも飲めちゃいそう！　それに、喉も……」

甘さのせいでまったくわからなかったが、アイリスはやっと、可愛げたっぷりの声で喋っていても喉がイガイガしないのに気づいた。

普段はちくりとした嫌な感覚を我慢して会話しないといけないのに、今はどれだけ声を出しても痛まない。むしろ、心地良さすら感じられるくらいだ。

「喉の不快感も、さっぱり消えちゃった！　どうなってるのよ、これ！」

驚くアイリスを見て成果を確信したのか、ウォルターが鍋の底を拭きながら説明した。

「甘さにマンドラモドキ、治癒効果にロック鳥の尾羽と夕暮れ草。つなぎとしてゴーレムの歯を使って錬成したポーションだよ。素材の質を限界まで活かせば、子供のお小遣いで買えるものでも、これだけの効果を引き出せるんだ」

「理屈はわかるけど、誰にもまねできないわよ！」

「そうでしょう、そうでしょう！　師匠の凄さがやっとわかったでしょう！」

ここまでのものを錬成されれば、いかに人を疑ってかかるアイリスでも、ウォルターの才能が本物であると信じざるを得なかった。

仮にまだ頭が彼を信用しなくても、無意識レベルで手に取ってポーションを飲む体と心は、もう彼を拒めないだろう。

「……それにしてもこのポーション、本当に美味しいわね。クセになっちゃいそう……」

ちびちび、こくこくと何度もポーションを飲むアイリス。

そのたびに喉が光り、たまらない甘味で頬がほころぶ。

「あ、アイリスちゃん、お代もかかるだろうしがぶ飲みしちゃダメだよ？」

ジャーマネの不安げな声で、思い出したようにウォルターが手を叩いた。

「お代……ああ、すっかり忘れてたね。手間賃も足して銀貨二枚でどうかな？」

「ぎ、銀貨二枚⁉　いいんですか、そんな値段で⁉」

今度はアイリスではなくジャーマネがひっくり返るほど驚いた。

ポーションといえば、どれだけ安いものでも銀貨五枚から十枚が相場だ。その倍額近いポーションでも効果が得られなかったというのに、半値以下でいいと言うなんて。

錬金術師がアイテムの相場を知らないと思えないし、彼は善意の塊か何かだろうか。

「かかったのは素材費用だけだし、錬成に使ったマナも多くないからね。アイリスさんが元気にアイドル活動を続けていくのに、費用がネックになるのも良くないし！」

いや、だろう、ではない。

彼は善意の塊だ。

アイリスにただアイドルを続けてほしいだけで、ポーションを格安で錬成してくれたのだ。

アイドルというものが何であるかも知らないし、彼に益があるわけでもないのに。

「その代わりと言っちゃなんだけど、今度、俺もライブで歌を聞いてもいいかな？　アイリスさんがアイドル活動をしてるところ、見たくなったんだ」

「ふーむ、私も気になりますね！　アイドルが何か、さっぱり知りませんが！」

ウォルターとモニカが互いに頷き合うと、アイリスが空になったフラスコをテーブルに置いて、じっと彼を見つめた。

「……ジャーマネ、決めたわ」

「えっ、何を？」

そうしてつかつかとウォルターに歩み寄り、彼の手を握って言った。

「こいつをあたし専属の錬金術師にするわよ！　異論はないわね！」

ウォルターを自分のものにする、と。

「えぇぇーっ⁉」

当の本人も含め、アイリス以外の全員が素っ頓狂な声を上げた。

特にモニカはたちまち眉を吊り上げると、そうは問屋が卸さないとばかりに、アイリスが引っ張っていってしまわないように、ウォルターを強く自分のもとに引き寄せてしまった。

「大ありですーっ！　師匠は皆の錬金術師で、私の師匠なんです！　アイリスさんが独占するなんて、神様が許しても愛弟子のモニカ・シャムロックが許しません！」

「それはあんたの意見でしょ？　あたしはこいつに聞いてるのよ」

アイリスがウォルターの右腕を掴む。

「ねえねえ～、アイにゃん、あなたが欲しくなったの～っ！　あたしの専属錬金術師になってぇ、毎日ポーションを作ってくれたらぁ～……ウォルターきゅんだけに、特別なファンサ、し・て・あ・げ・る♪」

「むむっ！　猫を被って師匠をかどわかそうなど、こすずるい手をっ！」

にゃんにゃんボイスに屈してなるものかと、モニカは左腕を引く。

「ちょっと、モニカ!?」

こうして、いとも簡単にウォルターを引き裂く構図が完成してしまった。

物干し竿にかけられたシャツのように、彼は左右から引っ張られている。シャツと違うのは、中に肉が入っていて、容赦なく二方向から力を加えられる点だ。

「師匠は渡しませんよ！　この工房で私と一緒に、世のため人のために錬金術を使って、世界中の人を笑顔にするのが師匠の夢なのですからっ！」

「ガキンチョが、アイドル活動の邪魔してんじゃないわよ！」

「アイリスさんまで……痛だだだだ！　ち、ちぎれる、ちぎれるって！」

偉大なる錬金術の師匠を渡したくないモニカ。

自分専用の錬金術師としてポーションを錬成させたいアイリス。

二人の意見が合致するなど、決してあり得ない。

「師匠が痛がっているじゃないですか、離してくださいっ！」

「あんたが離しなさい！　ウォルター、アイにゃんのことは『さん』なんてつけないでぇ～、アイリスって呼んでにゃ～ん♪」

「猫でもないのににゃんにゃんと！　ありのままの自分で勝負したらどうですか、見た目をどれだけ着飾っても心がブサイクなままですよ！」

「い、言ったわね⁉　大人の事情も知らないくせに、でしゃばるなっての！」

彼の身を案じる声と彼に媚びる声が左右から聞こえてくるが、当の本人はそれどころではない。いつ自分が中心線から右と左に千切られてしまうかと思うと、気が気でない。

恐怖が幻聴になったのか、骨からミシミシと音が鳴っている気がする。

もしも彼が真っ二つになっても、二人は引っ張るのをやめないかもしれない。

「じゃ、ジャーマネさん！　助けてください、ジャーマネさん！」

ウォルターの助けを求める声を聞いて、汗だくのジャーマネが動こうとした。

しかし、モニカとアイリスにぎろりと睨まれて、たちまち委縮してしまった。

竜と虎に威嚇されて、それでもなお人を助けようとする愚か者などそうそういないだろう。

ジャーマネもまた、愚か者ではなく、ある意味では賢いただの人間だ。

どうすれば自分を守れるのかくらいは、知っていた。

「……ふ、二人を頑張って説得してくださいね！　それじゃ！」

深々と頭を下げてから、ジャーマネは工房を飛び出した。

角を立てず、身を守る手段を彼は選んだ。要するに、この場から逃げたのである。

「ジャーマネさぁーんっ⁉」

ウォルターの虚しい叫び声と、彼を取り合う二人の女性の声が工房に響いた。

あとに冷静になったジャーマネがこっそり工房を覗きに来た時、そこにいたのは、ぜいぜいと息を荒げてへたり込むモニカとアイリス。

そして、袖が破けた衣服と共に仰向けで倒れ込んだウォルターだった。

# 第四章

ウォルター・トリスメギストスがアルカニアからいなくなって数日後。

街の雰囲気はさほど変わらなかったし、冒険者ギルドもいつも通り営業していた。

「おい、あれ！　パトリオットさんだぜ！」

「やっぱり超ハンサムよね……見てるだけでときめくわぁ……」

そして冒険者や街の住民から、ギルドのサブリーダーであるパトリオット・マロリーが注目を浴びるのもいつも通り、いや、これまで以上だった。

はねの一つもない金の長髪を靡《なび》かせると、女性から歓声が飛び交う。

片目を隠す前髪をかき上げてハンサムな顔で微笑むと、男の冒険者が笑って手を振る。

ただギルドの廊下を歩くだけで人々からの注目を集めるパトリオットの権威と名声は、もはや現ギルドリーダーのバベッジ以上だった。

（ふふ……あのウォルターがいなくなってから、すっかり私の天下だな）

もちろん、偶発的にこんな結果に至ったわけではない。

（まさかあれほど簡単に、私の計画がうまくいくとは思っていなかったがな！　冒険者や街の人間を買収し、デマを広めさせた甲斐があったというものだ！）

彼の本性は、己の名声を高めるためならば何でもしてのける男だった。

ギルドでウォルターがポーションの副作用を謀略される前から、パトリオットはずっと根回しをしていた。金で買収した冒険者にデマを広めさせていたのだ。

彼が陰であくどいことをしていると。

違法な取引をしていると。

アルカニア中の人が信じるわけではなかったが、彼が悪人である可能性を否定できない状況を作り上げるだけで十分だった。いざとなれば買収した人間を味方にする。

（とどめに、冒険者パーティーに毒薬を飲ませて、嘘の診療結果を書かせれば、誰もがウォルターへの不信感を抱いて当然の状況になる！　追放されて当たり前だな！）

そしてウォルターの追放の原因を捏造《ねつぞう》すれば、もう彼に味方はいない。

金と権力にものを言わせて、パトリオットは冒険者パーティーを利用した。

冒険者パーティーのリーダーが大商人の息子だったのに加えて、幸運にも彼が気弱でおとなしかったおかげで、計画は続行できた。

自分に歯向かえば恐ろしい目に遭わせると軽く脅してやると、パーティーのリーダーはあっさりとパトリオットに従った。仲間にも、自分達が苦しんだ原因はポーションの副作用であると念入りに説明までしてくれたのだ。

こうして、ウォルターは冒険者ギルドから簡単に追放された。

錬金術師としての地位も求め、自分の才能を信じて疑わないパトリオットからすれば、自分以上に注目される男など目障りで仕方なかったのだ。

（最近やってきたウォルターの弟子とかいうチビが騒いでいたのだけは予想外だったが、警備兵につまみ出させて終わりだ。あとは私が、ウォルターの後釜としてギルド最高の錬金術師の座に就けば、いずれはギルドリーダーの称号も私のものになる）

当然、彼の野望はウォルターの追放だけにとどまらない。

最終目標は、カウンターの奥で受付嬢達に急かされる頼りない男の失脚だ。

「ああ、違いますよ！　そこの書類は、ハンコを押す欄が三つあるんですよ！」

「ご、ごめん！　す、す、すぐに直すね！」

「ちょっと仕事ができるようになったからって、油断しちゃダメです！」

現ギルドリーダーのバベッジ・ヘンウッドは、このところ一層頬がこけてきた。

業務はやっとこなせるくらいに上達したようだが、まだまだ他のスタッフに助けてもらわなければどうにもならない。

「まあ、少しはましになりましたけど！　それより、昼からの打ち合わせはどうしますか？」

「ええと、えっと、資料はまとまってるから、王都協会には予定通りに……」

あんな男がリーダーで、自分がサブリーダーなのが、パトリオットにはどうにも我慢ならなかった。才能とカリスマを持ち合わせる者こそがギルドの頂点に立つのが当然だ。

（そうだ、元ギルドリーダーの息子というだけで、仕事もままならないうすのろよりも、才覚溢れる私の方がギルドを統《す》べるのに――）

偉大なる錬金術師にしてギルドリーダーの座に君臨する姿を夢想しながら、近くのソファーに腰かけると、カウンターの奥からギルドのスタッフが駆け寄ってきた。

「パトリオットさん、大変です！」

「どうしたんだい、慌てた顔をして？」

落ち着かない様子で、スタッフが言った。

「実は……冒険者達の間で、不満が漏れ始めているんです！　あの追放されたウォルターが売っていたポーションやアイテムが欲しいって言い出す輩《やから》が続出してるんですよ！」

ふむ、とパトリオットは唸り、指を顎にあてがった。

まさかあれだけ大々的に処分した男にものを頼もうとする輩がいるなど、予想外だ。

「彼らはウォルターを探しているのかな？」

「いえ、トラブルを起こした人間に頼るのは気が引けると言っていますが……彼らだけじゃなく、ウォルターにお世話になった錬金術師の一部は、彼を街に引き戻したいと言って、ストライキのようなことまで画策しているとか……ど、どうしましょう！」

だが、この程度の事態は簡単に収束できるだろう。

「何だ、そんなことか」

「そんなことって！　ポーションやエンチャント・アイテムは冒険者の命綱なんですよ、あれがないと冒険できないところだってあるのに……」

なぜなら、彼もまたウォルターと同様に、錬金術師であるからだ。

「安心したまえ、それくらいの事態は予測してある！　私がもう、対策を準備しているよ！」

パトリオットが大袈裟に立ち上がると、ギルド中の視線が彼に向いた。

「皆、錬金術師が一人いなくなった分は、私の力で埋めてみせよう！」

彼が指を鳴らすと、まるでこうなることを予想していたかのように、ギルドの奥から大量のポーションが積まれたカートを引くスタッフがやってきた。当然、彼の手の内の者だ。

ギルドの中央まで運ばれたカートの周りに、冒険者達が群がってくる。

それらの間を割って歩き、パトリオットは大仰《おおぎょう》な態度で言った。

「ここに用意したのは、私が錬成した手製の治癒ポーションだ！　何度も治験を行い、あのウォルター・トリスメギストスのものと遜色ない効能は保証されている！　今回は無料で提供するから、好きなだけ飲んでくれたまえ！」

パトリオットの高らかな宣言と共に、ギルド中が歓喜で沸いた。

「おおーっ！」

「すげえな、サブリーダー！　こりゃ太っ腹だ！」

冒険者達はこぞって、パトリオットのポーションを引っ掴んで持ってゆく。

カウンターの奥にいるバベッジは、何の騒ぎかと顔を覗き込んでいるが、知ったところでどうだというのか。サボるな、と受付嬢に小突かれる彼では、何も止められはしない。

少なくとも、パトリオットが錬金術師として名を馳せるのを止める手段はない。

（ククク……ウォルターのものと同じ効果だというのは当然だ！　あいつのレシピを盗んで、まったく同じ作り方をしたのだからな！　私は超一流の錬金術師だ、人のレシピから同じマナを注ぎ込み、類似したポーションを作るなど造作もない！）

しかも、パトリオットはあくどいやり方で、ウォルターに取って代わるつもりなのだ。

こっそりとレシピを盗み、書き写して返しているのに、彼は気づきもしなかっただろう。

（これで奴の存在意義は消えた！　代わりに私が、人々の羨望と信頼を……）

もう誰も、二度とウォルターのような男の話をしなくなる。

パトリオットの頭の中には、彼とバベッジを押しのけた希望の未来が描かれていた――。

「……何だ、こりゃ」

――冒険者の一人が、ぽつりと呟《つぶや》くまでは。

手を掲げて悦に入っていたパトリオットが視線を下に逸らすと、ポーションの入った瓶を持った冒険者の誰もが怪訝な顔をしていた。

「ん？　どうかしたのかね？」

にっこりと笑うパトリオットを、近くのおとなしそうな冒険者が見つめた。

「……ええと、これ……本当に効くんですか……？」

「もちろんだとも。あのウォルターのレシピを……じゃなくて、独自の調合に間違いはない。君達の治癒能力を高めるだけでなく、気力を回復させる効果もあるぞ」

彼の言い分に、冒険者達は納得したようだ。

「た、確かに効果は感じるんですが……なあ？」

「そうそう、体調がおかしくなるとかはないんだけど、ねえ？」

しかし、彼らが問題視しているのは、どうやらそこではないらしい。

互いに顔を見合わせて首を傾げる冒険者達の態度が、パトリオットは気に入らなかった。

「何が言いたいんだ。この私が錬成したポーションのどこに不満がある――」

自分の才能の結晶にどのような不満があるのかと、彼はカートの上に残った瓶を掴んで、ポーションを自分の口に流し込んだ。

ウォルターと同じ配合なのだから、何もかも同じはずである。

「――まっっっっず⁉」

ところが、彼の予想は、口の中で爆発するような苦みと共に打ち消された。

舌が抉《えぐ》れたのかと錯覚するほどの味の暴力に殴りつけられ、思わずパトリオットはポーションが入った瓶を床に叩きつけた。

自身の傑作と称したそれが零《こぼ》れても、彼は気に留める余裕すらなかった。

苦みとえぐみ、純粋なまずさ。

えげつないほどの味覚への打撃が、彼の頭を埋め尽くしているのだ。

（な、な、何なんだコレは⁉　ウォルターと同じ素材を使い、マナを練り込んで錬成したはずなのに、味があまりにも違いすぎる！　汚物と腐った油を混ぜたような味だ、これならネズミがはびこる下水道の汚水をがぶ飲みした方がましじゃないか！）

目じりに涙が浮かぶほどまずいポーションの味が消え始めても、彼はうろたえていた。

（おかしい、おかしいぞ！　もしやあの男、私の知らない何かを混ぜ込んでいたのか⁉）

自分のミスではなく、ウォルターのレシピを疑っていた彼だが、冒険者達がすっかりパトリオット製のポーションへの関心を失っているのに気づいた。

「俺、もういいわ……いくら効果があっても、飲めたもんじゃないって」

「よろず屋にポーションが売ってたろ？　あっちで我慢しようぜ」

「ま、待ちたまえ！　少し我慢すれば効能は保証する、こっちを使いたまえっ！」

少しずつ離れていく彼らを引き留めるように、パトリオットは瓶を掲げて喚《わめ》く。

だが、錬金術師の当人すら我慢できないような味に、誰が耐えられるだろうか。

「ごめんなさい、とてもじゃないけど我慢なんてできないわ。だって、ちょっと口にしただけなのに、不快感が喉にこびりついて仕方ないんだもの」

女冒険者の言葉が、他の冒険者の背中を押してゆく。

「というか僕、なんだか気分が悪くなってきたよ……と、トイレ……！」

「私もなんだか調子が良くないです……今日の冒険は、キャンセルしますね……うぷ」

本来、調子を良くするはずのポーションを飲んで体調を崩してしまったらしい。

冒険者たちが静かにカートのそばからいなくなり、とうとう残ったのは呆然とするパトリオットだけになった。

ギルドから人が半分ほど減り、残った面々も訝しげな目で彼を見つめている。

普段の信頼が強かった分、それを損なった時の反動も大きいものだ。

（な、何だ、何なんだこれは⁉）

ウォルターを貶めた時に彼が一番よく理解していた現象のはずだが、今のパトリオットはまるで理解できていなかった。

（効能がいいから、ウォルターのポーションは人気だったんだろう！　あんな男の錬成したアイテムなど絶対に飲まないと心に決めていたが、効果くらいはマネできる！　ならば評価は、私の人望も相まってうなぎ上りになるはずだ！）

実は、パトリオットはウォルターの『カドゥケウスの瞳』を知らなかった。

仮に知っていたとしても、彼はきっとウォルターの才能を認めないだろうが。

「どうしてこんなことになるんだ、ありえない……」

瓶を手にしてぶつぶつと呟くパトリオットの耳に、また別の若い冒険者の声が聞こえた。

「――ウォルターのポーションが飲みてえなあ」

ウォルターのポーションがいい。

追放された男の錬成アイテムに、自分のものが劣っている。

「……何だと？　今、何と言った？」

そう言われたように解釈したパトリオットは、ぎょろりと冒険者を睨んだ。

「いや、俺、ちょっと前からウォルターのポーションの世話になってたんですよ。副作用が起きてからはいらないと思ってたけど、やっぱり名残惜しいなあって……うわっ⁉」

次の瞬間、パトリオットはもの凄い形相で冒険者の胸倉を掴み、持ち上げた。

「私が！　私のポーションがっ！　あの男のものより劣っているだとおぉっ⁉」

ぎょろぎょろとぎらついた目で吼えるさまは、いつものクールでハンサムなパトリオット・マロリーとは程遠い。牙を剥く魔物の方が、まだ理知的に見えるほどだ。

「そ、そこまで言ってないじゃないですか！」

鼻息を荒くして怒鳴り散らす彼を見て、息苦しそうに冒険者がうろたえる。

彼の言葉を聞いて、やっとパトリオットは冷静になった。

「……す、すまない！　ついカッとなって……」

だが、どれだけ謝ろうとも、もう眼前の男の信頼は取り戻せないだろう。

「ったく……とにかく、俺はもうあのポーションを飲みませんからね！」

彼が乱暴に言って立ち去っていくのを見届けることしか、パトリオットにはできない。

そして落ち着こうとすればするほど、彼の呼吸は荒くなるばかりだ。

「あの、パトリオットさん？　このポーションの山、どうしますか？」

後ろからギルドのスタッフに声をかけられても、少しの間、彼は振り向きもしなかった。肩を軽く叩かれて、パトリオットはやっと我に返った。

「……奥の倉庫にしまっておいてくれ。私は少し、休憩するとしよう……」

肺の空気をすべて吐き出すようなため息と共に、彼はギルドの奥へと引っ込む。

誰も声をかけないし、心配もしない。パトリオットの手の者であるはずのスタッフすら、ポーションの片づけを優先して、彼の身を案じようともしない。

ギルドのスタッフから距離を取られつつ、サブリーダー用に用意されたギルドの一室へ戻ってきたパトリオットは、歯軋りしながら机を蹴飛ばした。

（クソッ、クソクソクソッ！　ウォルターめ、アルカニアから追い出してやってもまだ、私の邪魔をしてくれるとは！　こうなったらいっそ、国の外まで追放を……）

ただ、絶叫しなかっただけ、まだ彼には理性が残っている。

恐ろしい手段があり、有効だが、足がつく可能性を否定しきれない。もしも悪事が明るみに出れば、これまでの努力が水の泡になる。

（……いや、こらえるんだ、私よ。こんな些細なことで苛立つ男が、ギルドリーダーになどなれるはずがない。それに……）

ふう、と何度か深呼吸をしたパトリオットの脳裏に浮かぶのは、一人の女性。

先日自分を頼りに来てくれた時に、ひと目で恋に落ちた女性。

（それに、清い心でなければアイリスちゃんのファンなど務まらん！　いつか彼女に振り向いてもらうためにも、ここは耐え忍ぶのだ、パトリオット・マロリーよ……！）

アイリス・ラブ・ワンダフル。

アイドル冒険者である彼女をいつか手中に収めるために、今は怒りを抑えなければならないと誓ったパトリオットは、ひっくり返った机を静かに片づけ始めた。

だが、彼は知らない。

彼が一方的に惚れている相手が、仇敵ウォルターと懇意だということを。

もしもその事実を知ったならきっと、パトリオットは壊れてしまうだろう。

それこそ、手段を問わなくなるほどに——。

◇◇◇◇◇◇◇◇◇

さて、パトリオットが苛立ちを募らせている頃、ウォルターはとある森に来ていた。

森はやけに静かで、陽の光もあまり通さないほど鬱蒼《うっそう》と茂った木々に、ガサガサと風の音しか聞こえてこない。座学に勤しむ錬金術師があまり来るような場所ではないだろう。

当然、森に来たのは彼だけではない。

「――ここね。ビナーの森の東部、バクダンスギの大樹のそば……今回の討伐目標の目撃証言があったのは、この辺りよ」

アイリスは、ウォルターとモニカを率いるようにビナーの森を歩いていた。

ビナーの森とは、アルカニアからずっと離れた、王国西部に広がる雄大な森である。

陰鬱《いんうつ》な雰囲気を漂わせるこの森が有名な理由は、魔物の生息地であるという点に集約されている。しかも、危険な魔物ばかりがひしめいている。

そんな森に、男一人と少女が二人。

自殺志願者だと言われても、信じられるだろう。

危険な森をずんずんと歩いてゆく二人の後ろをついていくウォルターは、実は本人の意思でここに来たわけではない。どちらかといえば、早々に去りたいとすら思っている。

「アイリス、冒険者でもない俺が言うのもなんだけど……」

「今回の討伐依頼が危険だ、って言いたいんでしょ。だから、あんたを連れてきたのよ」

しかし、彼の提案は、振り向いたアイリスによってばっさりと切り捨てられた。

「だったらわかってるだろう？　俺は冒険者じゃないし、戦闘能力はないよ」

「あんたに戦いに参加しろ、とは言ってないわ。いざって時に錬金術で助けてくれればいいのよ、あんたは自分のことを便利な道具だと思っていればいいわ」

「ど、道具って……」

ウォルターはため息をついて説得を諦めたが、そもそも簡単にアイリスが納得してくれるのならば、ビナーの森に連れてこられてもいないだろう。

どうしてこうなったのかと、彼は今朝からの自分の行動を思い返す。

今日は確か、モニカと一緒に錬金術の素材を買いにいく約束をしていたはずだ。

『ウォルター、今日はあたしについてきなさい。一緒に魔物討伐の依頼をこなすわよ』

ところが、いざ出発しようとした時、工房にアイリスが乗り込んできたのだ。

しかもジャーマネを連れていない彼女は、彼に魔物討伐に同伴しろと言ってきた。

『ええっ!?　それはまた、なんで……』

『なんでって、あたしがあんたを必要としてるからよ。錬金術師って、武器や魔法にエンチャント……強力なバフ効果を付与できるんでしょ?』

口を尖らせるアイリスが知っているように、錬金術師は『エンチャント』ができる。

アイテムを錬成するマナとは別のマナを武器や防具、時には魔法に注ぎ込んで特殊な能力を足せる。剣は鋭さを増し、鎧は強固な壁となり、魔法はどんな武器よりも強力になる。このためだけに、錬金術師をパーティーに迎え入れる冒険者もいる。

ソロで活動するアイリスに、もちろん錬金術師の仲間はいない。

だからこそ、彼女はウォルターを頼ってきたのである。

『あたしも冒険者としてはそれなりの腕はあるって自覚してるんだけど、自分の腕前よりもっと強い魔物を倒さないと、冒険者としても、アイドルとしても知名度は上がらないわ。そこで、あんたのエンチャントで実力を底上げして、魔物を倒すのよ』

これから用事があると言ってもアイリスは聞かなかった。

『つべこべ言わずについてきなさい。報酬は、あたしのサイン入り蓄音円盤よ』

そうして彼女はウォルターの手を掴んで強引に外に連れ出し、カバーラにある小さな冒険者ギルドで依頼を受けて、今に至るというわけだ。

ちなみに、冒険者の仕事には本来、依頼者以外は同伴できない。

(それで、依頼者以外の人間は同伴できないってルールを、どうにか押し曲げてまで俺を連れてきたんだよね……やり方はかなり強引だったけど)

ではどうやって、彼女がルールを破って錬金術師を連れてきたのかというと、そこはお得意のアイドルらしい猫かぶりとおねだりの合わせ技だ。

『おねがいにゃん？　アイにゃんのおねだり、うるうるにゃ～ん……？』

『うっ……わ、わかったよ、今回だけだからね？』

『ありがとにゃ～ん！　今度、おじさんをライブの最前列にご招待するぷぅ～♪』

ふりふりと尻尾と耳を動かし、潤んだ目で頼まれたギルドのスタッフは、断るに断れずに仕方なくアイリスの要望を聞き入れたのである。

とはいえ、アイリス・ラブ・ワンダフルに魅了されたわけではない。

彼女を相手していると面倒だ、とスタッフの顔には確かに書いてあった。

(嬉しそうというより、ギルドの受付の人も困ってたなあ、ははは……)

ウォルターは思い出し笑いを心の中に留めた。

するとアイリスが、隣にいるモニカを、嫌そうな顔で見つめながら小突いた。

「つーか、あたしが呼んだのはウォルターだけよ。そこのチビは呼んでないわ」

「チビではありません、モニカ・シャムロックですっ！」

腰にたくさんのフラスコを下げたモニカが立ち止まり、アイリスを指さす。

「あなたと師匠が二人きりでは、何をしでかすかわかりません！」

「何よ、あたしを人さらいみたいに扱ってくれるわね」

「人さらいも同然でしょう！　そもそも、師匠はこんな危険な冒険などするより、工房で私と一緒に、新しいポーションの発明に時間をしっかり使うべきなのです！」

言うが早いか、モニカはまたもウォルターの腕を引っ掴んだ。

「さあさあ師匠、もう帰りましょう！」

「ちょ、ちょっと待ってモニカ！」

ウォルターが彼女を制したのは、冒険をしたいからではなく、これから前回ポーションを錬成した時のような出来事が起きると確信できたからだ。

「な〜にを言ってんのよ！　こいつがいないと、あたしが困るじゃない！」

彼の予想通り、アイリスは彼を帰すまいと残った手を引っ張り始める。

「困るとは、どうせポーションの話でしょう！　聞けば最初の一本以来、一度も代金を支払わずに滞納してるらしいじゃないですか！」

痛いところを突かれたのか、アイリスの力が弱まった。

実を言うと、一瓶銀貨二枚ぽっちのポーション代をアイリスはまだ払っていない。

ウォルターは気にしていないが、モニカが支払いを急かすと、アイリスはかわい子ぶりっ子で誤魔化すかジャーマネを盾にしてとんずらするかなのだ。

「うっ……いいじゃない、月末にまとめて支払えばいいでしょ！」

「あとで払うなんて言い訳をする人は払わないんです！　アイリスさんはどうせ、ポーションを飲むだけ飲んで、とんずらするって顔に書いてありますよ！」

たかだか銀貨二枚が支払えないなど、ちょろまかしたいからに決まっている。

ポーション代を踏み倒そうとしているのを、モニカが許すはずがなかった。

「だから払うって言ったわよ、ガキンチョが、この……！」

腕では決着がつかないと思ったのか、二人の手はズボンに伸びる。

「わわっ⁉」

特にポーションの代金をまだ支払っていないアイリスは、誤魔化すように力を強める。

「アイリス、待って、ズボンはダメだって！」

ウォルターの話などどちらも聞き入れず、二回り分ほどズボンが伸びる。

「こいつはあたしの専属にするって決めたんだから！　弟子だか何だか知らないけど、あんたはさっさと帰って、おもちゃでも錬成してなさいっての！」

「むむむーっ！　私の錬成アイテムがお遊びだと言いますか、そっちの歌だってバンシーの騒音とあまり変わらないじゃないですかっ！」

「言ったわね⁉」

「言いましたとも！」

バンシーというのは、金切り声で人を殺《あや》める恐ろしい魔物だ。

そんなのと一緒に扱われれば、アイリスが怒らない理由がない。

「ぐぬぬ、ぬぬ……！」

「ふん、ぬおお……！」

危険な森だとギルドでは聞いていたのに魔物が寄ってこないのは、二人の気迫のせいか。

確かに鬼気迫る二人を止めるのは、魔物でも気が引けるに違いない。

金切声の歌を奏でる魔物、バンシーと同じ歌だと言われれば、歌で飯を食べているアイリスには耐えられないだろう。

「い・い・か・ら！　ウォルターを離しなさいぃ〜っ！」

「い・や・で・す！　師匠は絶対連れて帰りますぅ〜っ！」

「裂ける、裂けちゃうから！　二人とも、いったん落ち着いてくれないかなあ〜っ!?」

とうとうウォルターが声を張り上げると、彼女達はやっと我に返った。

「ず、ズボンが破けるかと思ったよ……まずはモニカ、俺は自分の意志で彼女についてきたんだ。錬金術の研究にも、たまには息抜きが必要だからね」

「な、なんとっ!?」

ズボンをベルトで締め直すウォルターの言い分に、モニカは目を丸くした。

一方でアイリスは自分が正しいのだと思って胸を張ったが、そんなはずがない。

「それと、アイリス。今回の討伐対象はあの大型の魔物『マンティコア』……近隣の村を単体で壊滅に追い込むほど危険な怪物だ。油断しちゃいけないよ」

冒険者でもない錬金術師に諭《さと》されて、アイリスはそっぽを向いた。

「ライオンの体に猛毒蠍《さそり》の尾を持つ、上位の冒険者でも油断すればやられてしまうような相手だよ。アイリスが依頼を受注する時に、最悪の事態が起きるんじゃないかって心配されるほどの強さだっていうのは、わかってるよね？」

ウォルターも、彼女を叱るために厳しい言葉をぶつけたわけではない。実際問題、ここで一度気を引き締めておかないと、いざ魔物に遭遇した時に洒落《しゃれ》では済まなくなるのだ。

魔物は普通の生物と違い、非常に凶暴で、時折魔法のような不思議な力を使う。

どれだけ熟練した冒険者でも、油断すれば命を絶たれる時だってある。

「……当たり前よ。だけど、こうでもしないとアイドルは名を上げられないのよ」

もっとも、アイリスもウォルターの忠告は理解しているようだった。

理解した上で、彼女は後がないかのようにイライラと腰に下げた剣の鞘を叩いた。

「カバーラだけじゃない、アイドル冒険者はもう完全なレッドオーシャンなの。ただ歌って踊っているだけじゃ、エロチックな踊り子にも勝てないわ！」

「……え？」

「一芸に秀《ひい》でてるんじゃなきゃ、自分から何でもがつがつチャレンジしないと、底辺から脱出できないのよ！　キモいファンの手垢がついた小銭しか稼げないんじゃ、何でもやらなきゃ！」

やけくそじみたアイリスの声を聞いて、ウォルターとモニカは顔を見合わせる。二人とも、彼女は自分で自分をナンバーワンアイドルだと言っていたのを覚えていた。

なのに、アイリスは今、自分を底辺だと吐露したではないか。

自らの居場所に耐えられないと言いたげな怒声は、冗談にも嘘にも聞こえないのだ。

「底辺？　アイリス、確か自分でナンバーワンって……」

ウォルターが問いただそうとした時には、彼女は大げさなため息をついた。

「第一、魔物の噂ってのは尾ひれがつくものなのよ。マンティコアだって討伐報告がないわけじゃないし、大袈裟に伝わってるってだけに違いないわ！」

　こうなっては追及できないだろうと思い、ウォルターは言うのを諦めた。

　モニカもまた、アイリスの話に乗っかり、ひとまず話題を逸らした。

「だとしても、アイリスさんだけでは不安ですね！　仕方ありませんが、乗りかかった船と言います！　私も『爆破錬金術』で加勢するとしましょうっ！」

「爆破錬金術？　あの花火みたいなので、魔物を倒せるわけぇ？」

　自分の得意技を小バカにされて、モニカは頬を膨らませた。

「むぅ、ナメないでください！　火薬と発火性の素材を錬金術で混ぜ合わせて、フラスコそのものを爆発させる錬金術製の爆弾は、実戦向きの強力な能力なんですよ！」

　ムキになるモニカの錬金術は、ウォルターとは違う方向性の力を持つ。

　腰に下げたいくつものフラスコの中には、粉状の薬品や可燃性の素材が詰められている。

　これにモニカのマナを注ぎ込むと、それぞれが強い反応を起こし、時間差で爆発する爆弾となるのだ。

「爆弾って……あんた、師匠サマとまるで錬金術が違うじゃない。ウォルター、あんたはどこでこんな危ない奴を見つけたのよ？」

「あはは、危ないといっても昔ほどじゃないよ」

「むむっ！　師匠、危ないとは失礼ですよ！」

風船の如くモニカは頬を膨らませたが、ウォルターがつつくと、ひゅるると空気が抜けた。

「実際、そうだっただろう？　錬金術の修業に王都に来て、錬金術を教えないと工房を爆発させるって脅したじゃないか」

「脅し？」

アイリスが目を丸くした。

「師匠が大袈裟なだけですよ、アイリスさんは真に受けないでください！」

「まさか！　あの時、俺がポーションをかけて昏倒させてないと、警邏隊に捕まって、今もまだ監獄にいたかもしれないよ？」

「わーわーわーっ！　師匠、その話は言わないでくださいーっ！」

バタバタと手を振って話を誤魔化そうとするモニカだが、アイリスは目の前のチビがほとんどテロリストのような経歴を持っているとは思えず、驚きを隠せなかった。

「お、脅しって……それで、あんたが引き取ったってわけ？」

「ああ、そうしないと捕縛されてただろうし、俺はこの子に可能性を感じたんだ」

「可能性……？」

「モニカには間違いなく、錬金術の才能があった。とても尖った才覚だし、他の錬金術師のような活躍はできないけど、何でも適材適所だ。現にモニカは、冒険者として仲間に貢献できるようになっただろう？」

「はいっ！　つい最近は、コカトリスも討伐しました！」

モニカが自分の成長譚《たん》を語ると、アイリスが隣で目を丸くした。

「コカトリス⁉　それって、毒の息を吐く、鶏と蛇が混ざった魔物よね⁉」

アイリスが知る限り、コカトリスは人間の三倍近い体躯を有する凶暴な魔物で、エリートの冒険者すら毒の息と蛇の牙で死に至らしめるのだ。

そんな怪物を倒したなら、モニカの実力は間違いないだろう。

「その通り、私の錬金術でノックアウトしてみせました！　それもこれも、全部師匠のおかげです！」

モニカが歯を見せて笑った。

テロリストのような蛮行をしでかした過去を持つ少女の笑顔とは、とても思えない。

「俺のおかげじゃないよ。根気強く、俺のもとで勉強を続けたモニカの実力だ」

「師匠……！」

他の錬金術が使えない彼女はウォルターに師事するまで、得意の爆破錬金術すら暴発する危険な少女だったが、彼のもとで学んだ結果、すっかり制御できるようになった。

敬愛する偉大な錬金術師と共に会得した力だからこそ、彼女は自信を持っている。

どんな魔物が来ても対処してみせると、モニカは内心意気込んでいた。

「そもそも、お店の前で見せたあれは見栄えを重視した錬成の結果です！　本来ならゴブリンやオークを一撃でノックアウトするくらい……強、い……」

ところが、自慢げに錬金術について語っていた彼女の顔が、急に青ざめた。

「モニカ？　いったい何を……」

ひゅっ、とモニカが息を呑んだ理由を、隣に立っているウォルターも悟り、目を見開いてつばを飲み込んだ。

「どうしたのよ、急に目を点にしちゃって」

状況を把握できていないのは、二人と向かい合うように立つアイリスだけだ。

「……アイリス……振り向いちゃダメだよ、ゆっくり……こっちに、来るんだ」

「ウォルターまで、何言ってんの？　あたしの後ろに、何がいるって――」

好奇心に負けたアイリスが、首を傾げてくるりと振り向いた。

そうしてやっと、なぜ二人が硬直しているのかがわかった。

「――いる、わね」

果たして――魔物は、三人の後ろにいた。

まだら模様の獅子の体。もじゃもじゃのたてがみが生えた人間に似た顔。蠍の尾。

メキメキと大木をへし折る巨躯《きょく》。心臓に響くほど冷たい唸り声と視線。

「し、ししし、師匠？　も、もしかして、あ、あ、あれが……？」

次第に足元から恐怖が上ってきて、モニカは歯をがちがちと鳴らす。

剣の柄を握るアイリスの手も、かじかむように震えだす。

「……マンティコアだ」

ウォルターがモニカの問いに答えた瞬間、マンティコアは天に向かって吼えた。

『ギイイイガアアアアアッ！』

一瞬、耳を塞いだウォルター以外の二人は鼓膜が破けたかと思った。

こんな怪物が足音も立てずに接近していたなんて信じられなかったし、モニカからすれば、雄叫びだけで大木を揺らすような怪物と戦うなど、夢であってほしかった。

「ちょっとちょっと、あんなにデカいなんて聞いてないわよ!?」

「マンティコアは成長しきると、あれよりずっと大きくなる。ついでに言うと、成長途中の段階が一番凶暴で食欲も旺盛、人間を好んで食べるようになるんだ」

「そういうのは最初に言いなさいよ、この錬金術オタク！」

だが、冷静な師匠の分析が二人を嫌でも現実に引き戻す。

『ゴオオオァ！』

尻尾を振り回すマンティコアと向かい合い、最初に腹を括《くく》ったのはモニカだった。

「こ、こうなったらやるしかありませんよ！　師匠は私の後ろに、アイリスさんはビビってないで、剣を構えてください！」

「ビビってなんかないわよ！　やってやるわ、あたしの成り上がり英雄譚のために！」

ただ、ウォルターからすればたまったものではない。

二人には戦うのではなく、まず逃げてほしいからだ。

「二人とも、待ってくれ！　俺がエンチャントを――」

「戦力にならない錬金術オタクは黙ってなさい！」

ところが、アイリスはせっかく連れてきたウォルターに頼るよりも、自分の剣の腕前にものを言わせて解決する道を選んだ。

しかも、わざわざ彼への罵倒もセットにする始末である。

「師匠、とにもかくにも先手必勝です！　特製の爆弾をくらえーっ！」

モニカすら彼の助言も聞かず、赤いマナをフラスコの中に注ぎ込む。

そしてボコボコと薬品や素材が膨れ上がったフラスコを思い切り投げ飛ばすと、それはマンティコアの顔面のすぐ前で炸裂し、爆発を引き起こした。

深紅の煙と炎が巻き起こるのを見て、アイリスは驚いた。

「何よ、あれ！　花火と全然違うじゃない！」

「むっふっふ、だから言ったでしょう！　私の爆弾はギルドのつわものの冒険者すら動けなくするくらい強力なものなんです！　マンティコアだって、ただじゃ済まないですよ！」

モニカの錬金術に対する評価は、子供の大言壮語《たいげんそうご》だと思っていたアイリス。

「確かに、あれならマンティコアもやれるかも……!?」

「そうですとも！　偉大なるウォルター・トリスメギストスの一番弟子に、不可能など……」

これならばもしかすると、もしかするかもしれない。

『グ、ウゥッ？』

そんなアイリスの淡い期待は、煙の中から出てきた魔物の顔で霧消した。

マンティコアの顔には火傷の一つもなく、蚊に刺された程度の反応しか見せなかった。

「……あ、あれれ？　傷一つついてないーっ⁉」

ぽかんと口を開くモニカだが、ウォルターはこの結果を予想していたようだ。

「ダメだ、マンティコアの毛皮はマナや火の耐性を持ってるんだ！」

「あーもう、やっぱり使えないじゃないのよっ！」

今度こそ諦めてくれるかと思ったウォルターだが、アイリスはまだ闘志を燃やしている。

「だったら、直接切り裂いてやればいいだけよ！」

すらりと引き抜いた剣は、木々の隙間から差し込む陽の光を浴びた。

ギラギラと輝く鋼の色は、性能だけでなく、剣を買った金額を物語っているようだ。

「あたしだって、そんじょそこらのボロ武器で冒険者やってんじゃないわよ！　ライブで稼いだなけなしのお金で買った、このシルバリオン鉱石鋼の剣なら……どりゃあっ！」

ウォルターの制止も構わず、アイリスはマンティコアの前脚に斬りかかった。

マンティコアが勢いよく突き出してきた爪の一撃をかわし、それをへし折るかの如く、アイリスは真っ白な爪めがけて剣を振り下ろした。

そして見事に、音を立ててぱきんと折れた。

――剣の方が、だが。

「え、ちょ、うそ⁉　剣が折れたぁ⁉」

「どどど、どどどどうしましょう⁉　爆弾も効かないしへなちょこなアイリスさんの剣は折れるし、マンティコアはめちゃくちゃ怒ってますよ～っ！」

「誰がへなちょこよっ！」

爆弾が効かずパニックに陥るモニカ。

折れた剣を凝視しながらもツッコミを忘れないアイリス。

『ゴオオアアアアッ！』

抵抗手段を失った二人は、マンティコアからすればいい餌だ。

「モニカ、アイリス！　こっちに来るんだ！」

こうなると、さすがにウォルターも説得だけでなく、介入せざるを得なかった。

二人の手を引いて駆け出したウォルターは、マンティコアがこちらの挙動に気づく前に草むらの中に飛び込むと、地面にグローブを嵌《は》めた手を叩きつけた。

すると、地面がもりもりと盛り上がり、たちまち三人を包み込んだ。

「わわわっ⁉　今度はなんなのよ⁉」

「落ち着いて、俺の錬金術だ！」

咄嗟《とっさ》の行動だったからか、マンティコアも彼らがどこに行ってしまったのかわからなくなったらしく、低い声で唸りながら、のそのそと歩き出した。

「ふう、マンティコアが見失ってくれたみたいですね！　師匠、ありがとうございます！」

「どういたしまして」

ウォルターもモニカも、アイリスもやっとひと息ついた。

「地面の中に埋まっている岩を使った、緊急用の塹壕《ざんごう》だ。生えている草木がカモフラージュも兼ねてるから、動くものしか見えないマンティコア相手なら時間稼ぎには使えるね」

「マジで間一髪だったわね……」

地面を錬金術で変形させるのは、そう難しい話ではない。素材への理解もさほど必要ないし、地質を把握して変化させればいいのだから。

中でもウォルターの塹壕は、変化に加えて硬質化までしている。

とにもかくにも、マンティコアの目を欺《あざむ》いて隠れるにはちょうどいい場所が完成した。

「……で、やっぱり剣は折れてるわね。最悪よ、あたしの唯一の武器なのに！」

アイリスは未だに折れた剣を見つめていた。

「それにしたって、なんで最高級シルバリオン鉱石の鋼でできた剣が、こんな簡単に折れちゃうのよ？　とんでもなく強度の高い剣だって聞いたわよ？」

シルバリオン鉱石といえば、硬度だけで言うならば鉄よりもずっと高く、王宮付きの騎士や高名な剣士の武器、防具の素材として用いられる。

どれだけ金属が消耗していたとしても、一撃で折れるなどありえないはずである。

首を傾げるアイリスから剣を受け取り、ウォルターは軽く叩いた。

「……これ、シルバリオン鉱石製じゃないね。見た目だけ綺麗にこしらえた、偽物だ」

「なんですってぇ⁉」

彼が剣の本質を看破《かんぱ》するのに、一秒もかからなかった。

アイリスが大枚をはたいて買った剣は、はりぼて同然だったのだ。

「冗談でしょ⁉　アルカニアの目抜き通りの古物商で買ったのよ⁉」

「ええと……その人も見抜けなかったか、騙されたんじゃないかな？」

武器を古物商で買うなんて珍しい、とウォルターは思った。

よほど貧乏でもなければ、普通は新品を買うものだ。

「シルバリオン製にしてはバカみたいに安いと思ったら、あの商人、偽物を買わせるなんて！

次に街で見かけたらぶちのめしてやるんだから！」

「静かに。あまり大きな声を出すと、気づかれるよ」

危機的状況にいるのを思い出し、アイリスは自分の口を塞ぐ。

塹壕の外では、まだマンティコアが獲物を諦めていないのか、どすん、どすんと地響きを鳴らしながら歩いている。もしも見つかったなら、今度こそただでは済まない。

「どうしましょう、師匠⁉　あのマンティコアから逃げられる気がしませんっ！」

さっきまでの威勢など微塵も感じられないモニカの頭を、ウォルターは軽く撫でた。

彼の目は、まるでこの状況に絶望していなかった。

「そうだね……逃げられないなら、戦うとしようか」

「え？」

ウォルターは信じられないことを言ってのけた。

あの怪物と、マンティコアと戦うつもりなのだ。

「あんた、さっきの戦いを見てたでしょ⁉　剣は折れたし、このチビの錬金術はちっとも効かないし、こうなったらもう逃げるしかないじゃない！」

「さっきまでの自信はどこにいったんだい、アイリス？」

「うっ……」

正論でウォルターを黙らせようとしたアイリスだが、もとはといえば彼を連れてきたのは彼女の方で、後ろめたさもあるからか反論ができない。

しかもこの錬金術師は、やけくそからの反撃ではなく、勝機まで見えているようなのだ。

「アイリスには少なくとも、マンティコアに一撃を浴びせられるほどの技量がある。モニカの錬金術も、敵は油断して避けようともしない。そうだろう？」

「え、ええ、まあ……」

「確かに、一撃は叩き込めたけど……」

ウォルターは、まったくマンティコアに反撃できないとは思っていなかった。

モニカの爆弾をマンティコアが避けないのなら、次の攻撃も絶対に避けない。アイリスの、何度か魔物の攻撃を回避して脚を斬る技量は確かだ。

あとはウォルターが少し手助けをすれば、必ず討伐できる。

「不安要素があるとしても、これだけ物事を有利に運べるなら、十分に戦う価値はある！」

ぐっと拳を握り締めてから、彼はアイリスを試すように笑った。

「でも、怖いなら逃げるのに協力するよ？」

こうも煽《あお》られたなら、アイリス・ロナガンに逃げる選択肢などありはしない。

ウォルターから返された剣を握り締め、きっと塹壕の外を睨んだ。

「……やってやる、やってやるわ！　あんた、策はあるんでしょうね！」

「もちろん。というか、最初からこの作戦でいくつもりだったんだけど……」

手のひらから青いマナをぽう、と浮かび上がらせて、彼は言った。

「俺が二人に『エンチャント』する。アイリスの武器も、一緒に再錬成するよ」

あっさりとウォルターは言ってのけたが、モニカは飛び跳ねるほど驚いていた。

「も、もしかして師匠、錬成とエンチャントを同時にこなすのですか⁉」

「チビ、それってそんなに難しいの？」

「難しいなんてもんじゃないです！　確かにエンチャントの効力を鋼の内側まで及ぼせば、効果は倍増です！　けど、そんなの右を見ながら左を見るようなものですよ、不可能です！」

右を見ながら左を見る。

なるほど、確かに不可能だとアイリスが頷く。

「ただでさえ鉱物の錬成はマナの注入量とわずかな変化で失敗しやすいのに、そこに同時にエンチャントするなんて……師匠、本当にできるんですか⁉」

「モニカ、君と会っていない一年の間、俺だって研究を続けてたのさ」

しかし、ウォルターが輝かせるカドゥケウスの瞳は、不可能とは言っていなかった。

「まずはアイリスの剣を再錬成する。それからモニカの錬金術にエンチャントをかけて、威力を高めて、マンティコアに反撃を仕掛けるとしようか。アイリス、剣を貸してくれ」

少しも戸惑う様子を見せず、アイリスは剣を渡した。

ウォルターが折れた剣に手を重ねて、文様を映す瞳で見つめた――。

「『エンチャント』――『スラッシュ・エッジ』」

すると、青い光に包まれた剣が、たちまち元の姿を取り戻した。

いや、元の姿ではない。七色に煌《きら》めく刃は折れる前よりもずっと鋭く輝いている。

しかも刃が光っているのは、単に構成された鋼の質がいいからというだけではない。七色の淡い光を放つマナが、剣にまとわりついているのだ。

「何よこれ……まるで魔剣みたいな覇気と鋭さ……これが、エンチャント……！」

「そう。錬金術によって物体の性質を変えて、新たな力を一時的に付与する。これが錬金術師の秘密の技、エンチャントだ」

剣を返してもらったアイリスは、見たこともない美しさの剣に見惚《みほ》れてしまう。

ウォルターも、彼女が自分のエンチャントを気に入ったと思い、嬉しそうな顔だ。

「刃そのものはシルバリオン鉱石と、ちょっとおまけでミスティメタルの合金にしてみたよ。軽いけどこれ以上に硬い刃はないはずだ」

「ミスティメタル⁉　あの、とんでもない高級品の⁉」

「錬成すればタダだよ」

ウォルターは軽くおどけてみせたが、ミスティメタルの価値は笑って流せるようなものではない。手のひらサイズの原石で、馬や牛が何頭買えるか。

しかも、そう簡単に錬金できる鋼でもない。

アイリスは一度、錬成しようとして指が溶けた錬金術師をアルカニアで見たのだ。

「付与したエンチャントは斬撃能力特化で、短時間限定だけど、触れるだけでほとんどの物質が切れるようにしてあるんだ」

「……それ、危なくないかしら？」

「危ない敵と戦うんだ、ちょっと乱暴な効果を付与するくらいがちょうどいいよ」

にっと笑い、今度はモニカに向き直る。

「次はモニカだね。手を貸して、エンチャントをかけるから」

ぐっと目をつむる彼女の手のひらの上に手を重ね、彼はエンチャントをかけた。

「エンチャント――『エクスプロージョン・ブースト』」

ウォルターの声と共に、モニカの指先から手首までが赤く輝き始めた。

熱を感じるというのに、彼女はまるで苦しそうではない。

「お、おおおっ！　体の内側がぽかぽかと、めらめらとぉーっ！」

むしろその熱さが心地良いようで、目の奥に炎が灯るほど元気になっているのだ。

「モニカの中に流れるマナそのものを錬成し直したんだ。ちょっと熱いかもしれないけど、爆破錬金術に最適な力をふんだんに使えるはずだよ。君が使う火薬にも仕掛けを足しておいたから、錬成の時は気をつけてね」

彼はいつの間にか、フラスコの中にまで錬金術の効果をもたらしていた。

ここまでしてもらっておきながら、いつまでも塹壕でぐずぐずする理由はないだろう。

「体の中が燃え上がって、何だってできそうですっ！　師匠、今こそ驀進《ばくしん》の時っ！」

「そうね、試し斬りしたくて仕方ないわ！　行くわよ、ウォルター！」

「無茶はしないようにねっ！」

ウォルターに強くサムズアップを見せ、二人が飛び出した。

『ゴオオアアアッ！』

マンティコアも動く獲物を見つけて吼えるが、アイリスは全く臆さない。

「餌を見つけたつもりで、随分喚いてくれるじゃない！　けど残念ね、今のあたしはさっきまでのあたしと大違いよ！」

蠍の尻尾を使った豪快なひと突きを、彼女はひらりとかわす。

大ぶりな攻撃が回避できたのなら、あとはアイリスの好機だ。

「うおりゃあああっ！」

両腕でぐっと柄を握り、アイリスは思い切り剣を薙《な》いだ。

『ギャアアースッ！』

すると、輝く剣はマンティコアの肉どころか、骨すらも切り裂いてみせた。

強靭な肉と骨を断たれれば、さすがの巨大な魔物でも激痛を感じるのか、マンティコアは狂ったように暴れ出した。その反動で、右の前脚が千切れそうになっている。

ここまで強烈な斬撃を繰り出せると思っていなかったのか、アイリスは剣をまじまじと見つめた。まだ、自分が魔物に一撃浴びせたという現実を呑み込めていないのだ。

「……すっご、さっきまで傷一つつけられなかったマンティコアの脚が、切れた……！」

しかし、アイリスは誰よりも早く現実に順応した。

「この剣とエンチャントがあれば、いける！　あたしにも、やれるんだ！」

残った脚と蠍の尾を振るうマンティコアに、アイリスが突進した。

『グオオオオ！』

己の体に傷をつけた人間を何としてでも食らってやろうと躍起になっているようだが、マンティコアはすっかり忘れている。

魔物の視界の端で、ウォルターを守護するようにモニカが仁王立ちしているのを。

「おっと、そこの冒険者ばかりに気をとられているようですが、この錬金術師の弟子、モニカ・シャムロックを忘れてもらっては困りますよ！」

赤く輝く手でマナを注ぐと、フラスコの中身がさっきの何倍も光り輝く。

「師匠のエンチャントを受けた爆破錬金術——受けてみてくださいっ！」

モニカの喚声に後押しされるかのように勢いよく投げつけられたそれは、またもマンティコアの顔の近くで爆発した。

ただし、威力は先ほどの比ではない。

ウォルターすら一瞬耳を塞ぐほどの炸裂音《さくれつおん》と衝撃、そして巻き起こる炎は、マンティコアの顔面の半分をたやすく黒焦げにしてしまった。

『グオ、ゴ、ガアアアアア⁉』

「ふふーん！　どうですか、師弟のコンビプレーは強烈でしょう！」

いくら凶悪な魔物といえど、顔を焼かれ、脚の一本を斬られればたまったものではない。

とうとう踵を返して逃げようとしたマンティコアだが、二人はさっと回り込んだ。

「おっと、逃げる余裕なんて与えませんよ！　アイリスさん、残りの脚を斬って動きを止めてください！　その間に私が、爆破錬金術で丸焦げにしちゃいます！」

「任せなさい！　こいつには、あたしの出世街道の踏み台になってもらうわ！」

いつの間にやら意気投合したモニカとアイリスの、爆弾と斬撃のコンビネーションは、魔物の反撃を一切許さないままに凄まじいダメージを与えてゆく。

「おりゃりゃりゃりゃあーっ！」

『ガアアアアーッ！』

尻尾の先端はアイリスに叩き斬られる。

「動きが止まった……逃がしませんよ、爆発ですっ！」

『グ、ウ、グウ……！』

全身を覆う毛皮はモニカの爆弾で黒焦げになってゆく。

ほんの数十秒の間に、魔物は瀕死寸前まで追いつめられた。

ところが、全身を斬られて焼かれてもなお、マンティコアは絶命しなかった。相当ダメージを受けているはずなのに、まだ牙を剥き、三人を殺そうとしているのだ。

このまま戦いが長引けば、こちらが隙を突かれて手痛い怪我を負う可能性もあるだろう。

「ぐぬぬ、しぶといですね！　師匠、ここはさらに私にエンチャントを重ねがけしてもらって、一気に決着をつけるとしましょうっ！」

モニカが提案したのは、エンチャントの重ねがけだ。

かなり高等な技術だが、ウォルターならできると彼女は知っている。

「構わないけど、マナの配分は気をつけないといけないよ！　いくらフラスコ程度の大きさでも、君の錬金術は配分を間違えると、とんでもないことになるんだから！」

「心配無用です！　伊達に一年間、冒険者として死線を潜り抜けていませんっ！」

もしかするとひどい事態に発展しないかと、ウォルターは少しだけ心配した。

だが、今ここで迷った末にマンティコアの反撃を受ければ、後悔してもしきれない。それに、自分の愛弟子を信用してあげるのも、師匠の役割だろう。

彼女とて一年間、伊達に冒険者稼業をしてこなかったと言っている。

少し危険なエンチャントも、任せるべきだ。

「……わかった、信じるよ！　エンチャント――『エクスプロージョン・ブースト』！」

ウォルターがモニカの後ろから彼女の手を握ると、とうとう彼女の手のひらから炎が発生してきた。彼女自身は熱くないようだが、エンチャントした方は汗すらかいている。

こんな状態で放つ錬金術は、いったいどれほどの威力を有するのだろうか。

「ぬおおおおっ！　体の一部が、というか全身がホットホットになってきましたよーっ！

「アイリスさん、離れておかないと黒焦げになっちゃいますからねーっ！」

モニカのテンションが超絶怒涛《どとう》のハイ・ボルテージに達した。

しかもウォルターの忠告を忘れたのか、なんと残っていた三本のフラスコをまとめて片手の指に挟み、マナを注ぎ始めたのだ。

「ちょっと、どんな威力の爆弾を使うつもりなの⁉」

「モニカ⁉　さっきも言ったけど、本当に配分に注意しないと……」

焦る二人をよそに、彼女は自信満々にフラスコを振る。

「むふふ、大丈夫ですって！　ウォルター・トリスメギストスの愛弟子、このモニカ・シャムロックがまさか、錬金術の初歩の初歩、配合間違いをするなんてそんな……」

彼女は単なる自信家というわけではなく、実力が備わっている。

いつも通りに錬成すれば成功しただろう。

もっとも、予想外の出来事は発生するものだ。

例えば、マナをぎゅうぎゅうに詰め込んでいる最中のモニカの鼻を、木の葉が掠《かす》めたとか。

「……ふぇ、んむ、む、む――」

かゆみが鼻の頭を通り、奥まで伝わる。

鼻孔がむずむずしてきたモニカは、どうにも耐えきれなくなり――。

「――ぶえっくしょいっ！」

盛大なくしゃみと共に、どうにか彼女は爆弾を放り投げた。

ただ、その爆弾はウォルターだけでなく、アイリスの目から見ても危険である。

なんせそれは、おぞましい音を放ち、溶岩のような熱さを伴っているのだ。

「あっ」

モニカの間の抜けた声を聞くのと、ウォルターが頭の中でアイテムと注ぎ込んだマナと自分のエンチャントによる効果付与の結果を計算するのはほぼ同時だった。

（ええと、モニカが錬成に使ったマナの総量とエンチャントによる効果付与、つぎ込んだ火薬と材料の配分からして、威力はいつもの爆破錬金術の……！）

ウォルターの才覚は、簡単に計算の結果をはじき出した。

その数字が頭に浮かんだ途端、彼の額と背筋からもの凄い量の汗が噴き出した。

「二人とも、俺のところに来て！　あの爆弾の威力はいつもの――五百倍だ！」

当たり前だ。

これから五百倍の爆発が起きると知れば、誰だって焦るに決まっている。

「「ご、ご、ごひゃくぅぅ～っ⁉」」

錬金術の達人ですらこんなリアクションを見せるのだから、モニカとアイリスが半ばパニックに陥った顔でウォルターのもとに駆け寄ってくるのも無理はない。

とはいえ、今の彼にとっては、二人が近くにいる方がありがたかった。

「俺が防壁を錬成するから、絶対そこから出ないで！」

さっきよりもずっと大きく堅固な防壁が、ウォルターの足元から現れる。

しかも一枚ではなく、同時に三枚。

これだけやっても、防ぎきれるかは運任せで、ウォルターは祈るほかなかった。

「来るぞ、着弾する――」

これから何が起きるか、マンティコアはもしかしたら悟っていたのかもしれない。逃げはしなくても、ボロボロの顔にありありと絶望が浮かんでいたからだ。

ただ、残念ながらマンティコアはただの魔物だった。

炸裂する間際、魔物は辞世の句を詠むかの如く、吼え猛《たけ》ろうとした。

『ゴ――』

その願いは、叶わなかった。

まばたきの間に、あまりの轟音で何も聞こえなくなるほどの爆発が起きたからだ。

防壁に囲まれるようにしていたウォルター達の肌にすら、炎が舐めるような感触が伝わってくる。息が熱くなり、心臓が異様なほど早く高鳴る。

十秒、二十秒、いや、もっと。

地獄の業火が噴き出したかのような時間が、ようやく終わりを告げた。

のそり、と三人が防壁から身を乗り出すと、景色はすっかり変わっていた。

「……なんじゃこりゃ」

モニカの爆弾はマンティコアどころか、辺りの森林を一切合切焼き払った。

ウォルターが造った防壁の表面がどろどろに溶けているさまからも破壊力は察せる。鉄を溶解させるほどの威力の爆弾に、魔物如きが耐えられるはずがないだろう。

「通常の五百倍の威力の爆弾が、森を焼き払ったんだ。辺り一帯の生物はマンティコアが食べ尽くしてたらしいから、この爆発で死んだ生物はいない……と、思うよ」

「本当に？」

「本当ですか、師匠？」

「……心の中で、俺は何十回も謝ったよ。木々に対してね」

ウォルターの顔の引きつり具合で、二人は察した。

「ま、まさかこんな威力になるなんて……！」

「このおバカ！　どうすんのよ、あたし達大犯罪者よ!?」

顔面蒼白のモニカと防壁の外に出たウォルターは、足元に落ちているものに気づく。

「……マンティコアの脚の一部だ。一応、討伐した証拠にはなる、かな……」

確かに彼らは、危険な魔物を討伐した。

「ね、ねえ、ウォルター？　マンティコアを倒したから、森一帯を焼き払ったのを許してくれって言って、警邏隊に通じるかしら？」

「まず通じないよ、俺達は縛り上げられて牢獄行きだ」

「嫌ですーっ！　まだやりたいことといっぱいあるのにーっ！」

「あんたが滅茶苦茶な威力の爆弾を投げるからでしょうが、このおバカ！」

しかし、だからといってこの所業《しょぎょう》が許されるはずがない。

森を焦土と化したのがばれれば、冒険者の資格剥奪どころの問題ではなくなる。王都の監獄に収容され、永遠に外に出られないに違いない。

ウォルターは犯罪者になりたくはないし、モニカもアイリスも同様だ。

こんな時、一番冷静なのはアイリスだった。

彼女は静かにマンティコアの脚を掴み、汗だくの顔で言った。

「……あたし達がここに来た時には、もう森が焼けてた。マンティコアは死んでて、脚だけが残ってたから討伐は完了。これで話を押し通すわよ、いいわね⁉」

「そ、そうしようか！」

「了解です！」

アイリスの提案を拒む者は誰もいなかった。

誰も見ていないうちに、自分達がいなかったことにするのが最善だったのだ。

「とりあえず、人に見られる前に逃げよう！」

とにかく一刻の猶予もないとばかりに、三人は脱兎《だっと》のごとく駆け出した。

「これじゃあ私達、犯罪者のようです！」

「みたいっていうか、やったことは確実に犯罪よ！　もしもあたし達が疑われたら、あんたを真っ先に突き出してやるんだから！」

「その時にはアイリスさんも道連れです！　一蓮托生《いちれんたくしょう》ですよ！」

未来ある若者二人を収監させるのは、ウォルターにとってあまりにも忍びない。

「ほ、本当に危なくなったら俺が自首するよ！　元はと言えば俺のエンチャントが原因だし、二人はこうなるとは知らなかったって言って話を通せば……」

「それはダメ！」

「それはダメです！」

だから彼は一人で罪をかぶると名乗り出たが、二人は鬼の形相で拒んだ。

ウォルターがモニカとアイリスを大事に思っているよりもずっと、二人が彼を守りたいと思っているのには、鈍感な彼は気づかなかった。

「……な、何で？」

——結局、ギルドに帰ってきた三人は当たり障りのない報告を済ませた。

マンティコアは既に死んでいて、森は焼け野原になっていたとだけ言った。

ギルドの関係者は誰も彼らを疑わなかった。あの恐ろしい森の惨状を、冒険者と錬金術師の師弟だけでやってのけるとは到底思えなかったからだ。

おかげで、三人は罪に問われなかったが、アイリスが討伐したわけではないとされた結果、報酬はもらえなかった。

ぷんすかと頬を膨らませて抗議するアイリス。

金の亡者です、と笑うモニカ。

なぜかジャーマネが来ない状況でアイドル冒険者をなだめるウォルター。

――三人は知らない。

――ビナーの森が焼かれた謎の現象が、その後百年以上にわたって『業火の怪』と呼ばれる正体不明の怪奇現象として多くの学者に研究され続けることを、今はまだ。

# 第五章

「――何故だ、どうして成功しないんだ⁉」

まずいポーションがギルドを騒がせてから数日後。

薄暗い工房の奥で、ポーションを錬成した張本人のパトリオットは狂ったように喚いていた。

彼の足元に転がっているのは、無数の瓶と錬金術に用いる高級素材。どれもこれも金貨数枚では買えないほどの素材だが、原形を留めないほどぐちゃぐちゃになっている。

それらは全部、パトリオットの錬金術の成果だ。

レシピはそのままに、素材はウォルターのものよりも数倍高値なものを使ったのに、パトリオットのポーションはまるで同じ効果を示さないのだ。

「ウォルターの部屋からレシピは全部盗んだ、やり方は記してある通りにすべて試した！　なのにどうして……どうして、あいつのようにうまくいかないんだ！」

自分で飲めば、嫌でもダメな点がわかる。

まずい。

効果が薄い。

何も起きない。

ごくまれに、効きすぎて副作用が起きる。

どうにか直そうとしても、今度は別の問題点が浮かび上がる。

終わらない悪夢のせいで、パトリオットの目の下にはすっかりくまができていた。

そして彼を苦しめているのは、ポーションの問題だけではない。

「昨日のエンチャントだってそうだ！　ウォルターの錬金術のエンチャントに頼っていた冒険者グループめ、私がわざわざ時間を使って錬金術を披露してやったというのに、何なんだあの顔はッ！」

彼は別の日に、他の錬金術でウォルターよりも優れているとアピールを試みた。

錬金術師である以上、エンチャントは基礎技術の一つだ。パトリオットも冒険者時代に何度か仲間を助けていたし、できないはずはないと確信していた。

『もしかして、これがエンチャント……？』

ところが、これまた彼の錬金術を受けたいかつい冒険者の顔は複雑なものだった。

一同は遠慮したが、パトリオットは半ば無理矢理、彼らの装備にエンチャントをかけた。

『そうだとも。これで剣は何倍も硬質化されたはずだよ。隣の君の盾は、魔法攻撃を弾く力を得たはずだ』

彼らは武器や防具の耐久性に不安を抱いており、市場に店を構える錬金術師のもとに行こうとしていたのだが、そこをパトリオットに捕まってしまったのである。

ちなみに、彼はじきに街中の錬金術師に根回しをするつもりだ。

自分の錬金術師としての街道を邪魔しないよう、控えめに仕事をしろと脅す予定なのだ。

『ああ、お代は普段の半額でけっこう。銀貨二十枚もあれば……』

本当ならば金貨五枚は欲しいところだが、パトリオットは謙虚なところをアピールした。

『……冗談きついぜ』

ところが、返ってきたのはまたも想定外の返事だった。

『何だと？』

きつい口調で返したパトリオットの前で、ちょっぴり強面の冒険者は剣を振るった。

すると、剣はテーブルにぶつかったかと思うと、あっという間に刃毀《はこぼ》れしてしまった。

『剣というか、これじゃあパンの方がよっぽど硬いじゃないか！　エンチャントで性能が変わらないならともかく、劣化するなんて初めてだ！』

『おいおいおい、盾がボロボロに崩れちまったぞ!?　ちょっとテーブルにぶつけただけなのに……サブリーダーさんよ、どうしてくれるんだよ！』

パーティーメンバーの盾は、何もしていないのに縁《ふち》が炭のように崩れてゆく。

開いた口が塞がらないパトリオットだが、実のところやり方は間違っていない。ウォルターが考案したエンチャント付与の技術を、彼はほぼ完璧にこなしている。

問題は、トリスメギストスの末裔が、武器に使われている素材や状態によって、わずかに手法を変えたエンチャント付与の錬金術を数百種類使えることだ。

パトリオットの卑劣な真似は、とんだ付け焼き刃でしかなかったのだ。

『待ちたまえ、私のエンチャントは完璧だ！』

ここで「自分に非があるのでは」と考えれば、まだ救済の余地もあっただろう。

ところが、パトリオットは己ではなく、他者に原因があるとしか考えなかった。

『問題があるのはきっと、君達の武器の方だろう！　私の錬金術に耐えられずに自壊してしまったというだけ、何もおかしな事態ではない！　強力なエンチャントの恩恵を受けたいのなら、もっといい武器を使うべきだ！』

――彼の言い訳は、あまりにも見苦しかった。

化けの皮が剥がれつつあったのもある。

連日の思案で疲れているというのもある。

だとしても、彼の言い分は悪手極まりなかった。

『……自分からやってやるって言っておいて、何なんだよ、こいつ』

しまった、とパトリオットが我に返った時には、もう冒険者の冷たい視線が突き刺さっていた。

『最近おかしいんだよ、この人。ウォルターがいなくなってからずっと錬金術できますってアピールばっかりしてさ、そのくせ失敗続きなんだぜ』

『それで反省してりゃいいけど、口から出てくるのは責任転嫁のセリフばっか。いい加減、聞いててイライラしてくるんだよ』

わなわなと震える彼の前で、強面の冒険者達がわざとらしく言った。

『こんなことなら、ウォルターに頼んでおけばよかったな』

『……は？』

今度こそ、俯《うつむ》いたパトリオットの顔が醜く変貌した。

ギルドで一度も出さなかった、魔物よりもおぞましい本性が垣間見えた。もしも誰かが彼の顔を覗き込んだなら、きっと悲鳴を上げていたに違いない。

『俺達が素材を持っていったら、どれだけ忙しくてもエンチャントしてくれたもんな。安かったし、効果もすごかったし、何より手に馴染むような感覚だったよ』

『性能ってより、武器の使い勝手まで考えてくれてたんだよな』

『ポーションだってそうさ。いつだっけか、胃の弱い俺のために作ってくれたポーションの調合を、他の錬金術師にも教えてたんだって。儲けとかそんなの、一つも考えてない奴にしかできないよ』

エンチャントをかけた冒険者だけでなく、周囲からも声が聞こえてくる。

どれもこれも、ウォルターを懐かしみ、追放を後悔する声だ。

『こ、こ、この……！』

言葉の一つ一つがパトリオットのプライドに突き刺さり、ひびを入れる。

『こうなるなら、あの時ウォルターを引き留めるべきだったよ……』

『なんで俺達、周りの意見に流されて追放なんか許しちまったんだろうな』

『過ぎたもんは仕方ないって。ほら、大通りの錬金術工房に行こうぜ。バカなサブリーダーがダメにしちまった剣と盾を、どうにかしないとな』

口々に呟きながらギルドを去る冒険者を、パトリオットは引き留めなかった。

以降、今に至るまでいつでも彼の頭にはウォルターへの憎悪が渦巻いていた。逆恨みもいいところだが、彼はギルドの業務すら満足にこなせないほど怒りに囚《とら》われていた。

「私は冒険者活動に従事した経験もある、一流の錬金術師だ！　ウォルターのようにへらへら笑って日々を過ごしているような、半端な男ではない！」

目を閉じても開いても。

起きていても眠っていても。

自分を小バカにする、冒険者の声がこだまするのだ。

『今度、カバーラのウォルターの様子を見に行こうかな』

十数年冒険者稼業を続けるベテラン。

『少なくともサブリーダーより、街の錬金術師の方がいいわよ』

アルカニアでファンも多い女性冒険者。

『同じ錬金術師として、ウォルターから錬成のコツを聞いておけばよかった』

果ては彼と同じ錬金術師まで。

誰も彼もが、追い払ったはずの男の話題ばかりを口にする。

そのことが、パトリオットには耐えられなかった。

「何が違うというんだ、私とあの男と、何が……っ！」

もはや病的といえるほどウォルターに執着するパトリオットは、テーブルの上に置いてあった錬金術のレシピや素材を投げ捨て、喚き散らした。

本人は気づいていないが、ウォルターと違うところを挙げればきりがない。

まず彼は、自分が錬金術の才覚に溢れていると思っているが、実際は凡夫に過ぎない。

次に、名家の生まれであるがゆえに肥大化したプライドを制御できていない。

他にも、大衆に見せていた化けの皮が剥がれた本性があまりにもひどい、人の感情を完全に無視して、行動すれば結果が伴うと勘違いしているなど、本当にきりがないのだ。

要するにパトリオット・マロリーという人間は、ハンサムで名家の出身で、ほどほどに錬金術や仕事ができたがゆえに、他者同様に自分を万能人だと勘違いしてしまったのだ。違いといえば、周りが先に現実を知ってしまった点だけである。

もっとも、パトリオットがこの事実に気づく日は、恐らく永久にやってこない。

他の誰かが進言でもしない限りは、永遠に彼は勘違いしたままだろう。

「――随分と荒れているね……パトリオット」

ただ、そんな彼にも声をかけてくれる人はいるものだ。

工房の重い扉を開けてやってきたのは、ギルドリーダーのバベッジだった。

「……ギルドリーダー。お仕事はよろしいのですか？」

敬意を抱いているかはともかく、相手が上司だとまだ認識はできているようで、パトリオットは平静を装って振り返った。

「う、うん。ようやく一段落といったところだよ。しばらく寝てないし……休憩室で仮眠をとってからもう一度書類仕事に戻るつもりだけど……その前に、ええと、君に話しておかなきゃいけないことがあるんだ」

「ギルド内での、ウォルターの帰還を求める声についてですか」

「その件だよ、うん……ウォルターをギルドに呼び戻さないかって声が多くなっているのは、パトリオット、君も知っているよね」

「もちろんですとも。だが、彼を呼び戻せば、街の商会からギルドへの信頼が……」

パトリオットは当然拒んだが、バベッジが首を横に振った。

「で、でも……ウォルターの存在はギルドにとって大事なものだったんだ」

彼は今、誰よりもウォルターの追放を後悔していた。

「ちょっとだけ不安だけど……副作用で療養していた冒険者も回復したみたいだし、か、彼を介して、冒険者のリーダーの父親に僕から詫びようと思ってるんだ。僕みたいな若造が口を出して、許してもらえるかはわからないけど、やってみる価値はあるからね、たはは」

ギルドが世話になっている商会との縁が怪しくなっても、彼を連れ戻したがっていた。

「……彼がいなくなって、初めて気づかされたよ。彼の代わりなんていないし、う、うん、もっと大事にするべきだった。な、なのに、僕は父の仕事を引き継いだくらいですっかり忙殺されて、ウォルターを……蔑《ないがし》ろにしてしまったんだ」

というのも、ババッジはウォルターが追放される最後のひと押しは自分にあると確信していたし、それは事実だったからだ。

父親が病で床に臥《ふ》し、ギルドリーダーに抜擢されてからは仕事の日々だった。どれもこれもうまくいかず、毎日叱られてばかりで、すっかり痩せて思考も鈍くなっていた。そうなるとまたポカをして、仕事が積み重なる悪循環が生まれてしまう。

激務の日々の中で、彼にウォルターの身を案じる余裕はなかった。

だから彼は、あっさりと街の錬金術師を一人、追放してしまったのだ。

「僕は最低で、間抜けで……ギルドリーダーとして、恥ずべき行いだったよ」

ギルドを統べる者としてやってはいけないことくらい、ババッジは先代ギルドリーダーから学ばずとも知っていた。償いをしなければならないとも。

ところが、ここまで話してもパトリオットは納得しなかった。

「や、奴の代わりならここにいるでしょう！」

彼の提案に、バベッジは訝し気な視線を投げかけた。

「……君が、ウォルターの代わりに？」

「そうです！　錬金術師としての腕前なら、奴に劣りません！」

豪語するパトリオットとは真逆で、バベッジの目はひどく冷めていた。

「確かに、ええと、実力は知っているよ。でも、君と彼の間には違うものがあるんじゃないかな。でも、その、きっと君は、それに気づいていないんだろうけども……」

やや口ごもっていても、ギルドリーダーが彼をどう評価しているのかはわかった。

オブラートに包んでこそいるものの、決して高く評価されてはいない。

「……あのね、実を言うと、君への苦情が、ウォルターを呼び戻したいって声と同じくらいギルドに届いてるんだ。少し前のポーションの件も理由の一つだけど、錬金術関連で君が起こしたトラブルが……その……あまりにも多すぎるんだよ」

「ぐ、ぐぬぬ……！」

「気を悪くしたらごめんね……錬金術師としては一線を退いていた君が、なぜ急に……まるで、ウォルターの後釜に据《す》わろうとしているみたいじゃないか」

バベッジはまさか、パトリオットがウォルターの後釜だけでなく、自分の座すら狙っているとは思いもしないだろう。

だからこそ、彼はまだサブリーダーに挽回の余地があると信じていた。

「だ、だけど、いろんな失敗を重ねてしまったとはいえ、まだどうにでもなると思うよ」

「……と、いうと……」

「迷惑をかけた人に、あのさ、謝って、本来の仕事をこなしてくれれば、評価も戻るに違いないよ。僕はグズだけど、一応はギルドリーダーだし、き、君の不調を放っておくわけにはいかないんだ」

力なく微笑むバベッジにあてられたように、パトリオットは視線を下に落とした。

（……確かに、私は少し、焦りすぎていたのか……？）

彼は自分の行いを、少しだけだが悔い始めていた。

（私より目立つウォルターを放り出す機会など、いくらでもある。ここで無理に張り合わずとも、奴を私の下につけるなり、邪魔なら事故に見せかけて完全に排除するなり……）

もちろん、行いそのものを恥じているわけではない。

あまりにも愚かだが、パトリオット・マロリーはまだギルドの乗っ取りを諦めていない。自分にここまで優しくしてくれるバベッジを、なおも蹴落とすつもりなのだ。

本当に、本当にただ、その機会を先送りにしようと目論んでいるだけなのである。

（そうだ、どうとでもなるじゃあないか！　正面からぶつかる必要はない！）

そして困った時には、頭の中に愛しのアイドルを思い浮かべるのが近頃の彼の癖だ。

(苛立ってばかりでは、アイリスちゃんにも呆れられるだろう。サブリーダーの立場上、なかなかライブには行けないが……)

愛らしいアイリスのライブには、実はこっそり変装して通っている。

握手やハグはやんわりと断られているが、嫌がっているようには見えないし、今以上の関係になれる日もそう遠くはないに違いない。

数少ないファンのうち、いずれ一歩先んずるのは将来のギルドリーダーである自分以外にありえないと、パトリオットは心の底から確信していた。

(もう一度顔を合わせた時に、余裕ある大人のふるまいも見せられないようでは、彼女の伴侶にはなれない——)

そう、心の底から確信していた——。

「でもさ、あの、聞けば、ウォルターも新天地でうまくやってるそうだよ。アイドルの……何だっけか、アイリスとかいう子の専属錬金術師になったとか、ならないとか……」

——バベッジが、アイリスとウォルターの関係性を話すまでは。

「……は?」

たった一瞬で、パトリオットの頭をとてつもない怒りが埋め尽くした。

「い、い、今? な、何と? 何と、言ったのです、か?」

「ん? ああ、ウォルターが……」

「そっちじゃないっ！　アイリスちゃんが、どうしたのかと聞いてるんだ⁉」

次の瞬間、パトリオットはバベッジに飛びかかった。

「わわっ⁉」

壁に押し付けられたバベッジの肩を、凄い力でパトリオットが掴む。

目をギラギラと光らせるサブリーダーの気迫に圧される彼。その目の前には、もう理知的な部下などいない。いるのはただ、嫉妬と憎悪に満ちた怪物だ。

「あの男が⁉　アイリスちゃん、アイにゃんと何をしたって⁉　一緒にいるだと、おかしいだろう、よりによってどうしてウォルターなんだ⁉」

「ぼ、僕だって又聞きの話だよ⁉　アイリスとかいうアイドルが、ウォルターを気に入ったって、それだけだよ！　聞いたこともないアイドルだけど、誰かのために頑張ってるんだなあって……」

「黙れ、黙れ黙れ黙れえええっ！」

指が食い込むほど肩を強く掴まれ、とうとうバベッジはパトリオットを突き飛ばした。

「痛いよ！　やめて、よして！」

バベッジに押しのけられて、やっとパトリオットは正気に戻った。

ただ、その目にはまだ狂気の炎が宿ったままである。

そんな彼を、もうバベッジは擁護できるはずがない。

「はあ……ぱ、パトリオット？　僕が言えたことじゃないかもしれないけど、その、少し休んだ方がいいよ。最近の君は、本当にどうかしてるから……」

肩を抑えながら、バベッジは扉に手をかけた。

「じゃ、じゃあ、僕はこの辺で……無理、しないでね」

彼はパトリオットを寂しげな目で一瞥《いちべつ》して、外に出ていった。ぱたん、と音を立てて扉が閉まると、今度こそ完全に二人の間には溝ができてしまった。

「……ぐ、ぐぐぐ……！」

だが、もう彼にとってギルドなどどうでもいい。

リーダーの座も、人々からの敬意や信頼もどうでもいい。

「──ああああああああああああッ！」

狂ったように叫び、テーブルや鍋を蹴り飛ばし、パトリオットはぎょろりとした目で天を仰いだ。そしてもう一度、喉が潰れるほどの声で吼えた。

そしてぜいぜいと息を吐く彼は、何もない虚空を睨みつける。

「あのっ！　あの野郎っ！　ウォルター・トリスメギストス、貴様はどうして私の前に立つんだ、私より生まれも育ちも、名声も劣る人間の分際で、どうしてあのアイリスちゃんと一緒にいるんだ！　そんなのおかしいだろおおおおおおッ!?」

再び怒鳴り散らすパトリオットの目には、ウォルターの幻影が映っていた。

もはや彼は、正気の域にはいない。

ウォルターへの異常な嫉妬と憤怒が、彼を壊したのだ。

「どいつもこいつもウォルター、ウォルターと！　私をハンサムだと言っていた女も、憧れだとのたまっていた男も、一度追放に納得したはずの錬金術師の名前を呼ぶんだ⁉　ふざけるな、ふざけるなあああッ！」

荒い呼吸しかできない彼が気づいた時には、もう工房はめちゃくちゃになっていた。

鍋は何度も蹴られてへこみ、素材は踏みつけられて潰れ、ウォルターのレシピのコピーは無残に破り捨てられている。なのに、まだ彼の怒りは収まらない。

「はぁ、はぁ……そうだ……あいつのレシピなんぞを真似したから、こうなったんだ」

しかも、この期に及んでなお、己の過ちを認めすらしないのだ。

血走った目でパトリオットが見つめたのは、工房の奥にある金庫だ。

「最初から自分自身の腕を、もっと信用していればよかったんだ！　私は決して腕が落ちたわけでも、腕が悪いわけでもない！　全部あのレシピが悪いんだからな！」

鍵のかかった金庫の蓋を開けて、彼は中身を取り出す。

どどめ色の粉が入った小瓶と、薄気味悪い色の薬草を掴み、パトリオットは笑った。

「私のとっておきを見せてやる……『クラックペッパー』と『チョコハーブ』……これがあれば、誰もが私のポーションを欲しがる、いや、これ以外飲めなくなる！」

彼の目的は、この瞬間にすべて変わった。

「くくく……凡愚《ぼんぐ》共、今度こそ天才のポーションを求めさせてやるぞ……！」

――パトリオット・マロリーの存在が最も偉大であると世間に認めさせる。

――たとえその果てに、アルカニアの街が崩壊しようと構わない。

今の彼は、犯罪者よりも厄介な存在に成り果てていた。

# 第六章

マンティコアと森を焼き払う大冒険から、一週間ほど経った。

工房から少し離れた露店で、麻袋いっぱいに素材を買ったウォルターとモニカは、錬金術について話しながら帰路についていた。

これまでなら人々は彼を白い目で見ていただろう。

だが、今はもう違う。

「やあ、ウォルター！　今日もポーションを錬成するのかい？」

「腰痛に効くポーションを探してるんだ、今度錬成しておくれよ！」

それどころか、彼らに手を振ったり、挨拶をしたりする者までいた。

どういうわけかというと、手を振り返すウォルターが、この数日間で大きく街の発展と人々の健康に貢献したのだ。

『の、呪われた剣を持ってから、ちっとも手を離れないんだ！　エンチャントで呪いが解けるって聞いたことがあるし、どうにかならないか、錬金術師！』

例えば五日前、呪われた装備をダンジョンで手に入れてしまったせいで四六時中剣を握りしめる羽目になってしまった冒険者。

生活のすべてが剣を中心とするようになってしまった男は、他の錬金術師にエンチャントによる呪いの解除を求めたが、どこも呪いが強すぎると言って断られてしまった。

ひんひんと泣く冒険者、その剣に、ウォルターは呪いを解除するエンチャントを施した。

すると、呪われた剣はあっさりと男の手を離れて、灰となって崩れ落ちた。

『うぉぉーっ！　ありがとな、錬金術師！　あんたは俺の恩人だ！』

剣の呪縛から解き放たれた男は、涙と鼻水を垂れ流して感謝の言葉を叫びながら工房を飛び出していった。そのおかげで、ウォルターの高名はたちまちカバーラに広まった。

彼から話を聞いて、他の客もやってきた。

『どうにか、これを直してもらえないだろうか……？』

ギルドの近くにある雑貨屋の熟年夫婦がウォルターのところに持ってきたのは、すっかり砕けてしまったガラス製の瓶だ。

結婚記念品らしいが、掃除の際にうっかり落としてしまったようで、いろんな業者のところに足を運んで直してくれないかと頼み込んでみるも、突っぱねられたとのこと。

だが、ウォルターの錬金術は、それを簡単に元に戻した。

ガラス瓶に刻み込まれていたのは、若き日に愛を誓い合った二人だ。

『あんた、よかった、よかったねえ……！』

『おまえ……！』

二人は深く感謝して、彼の偉業を街中で語った。

——そこから、ウォルターの工房には人が立ち寄るようになった。

『腰の痛みがひどくてねえ……貼り薬も塗り薬も、肌が弱くて受け付けないのよ……どうにかならないかねえ、錬金術師さん？』

例えば二日前、ウォルターの工房にやってきた年配の女性。

多くの薬が使えずに悩んでいた女性に、ウォルターは効果てきめんのポーションを錬成して渡した。効き目は凄まじく、女性はその場で腹筋を始めるほど回復した。

『ほっほっほ〜っ！　今なら腹筋背筋百回はできるのぅ〜っ！』

当然、ウォルターとモニカは全力で女性を止めた。

——他にも病で床に臥せる母親に効くポーション、恋人の見えなかった目が少しずつ回復する眼鏡へのエンチャントなど、ウォルターの錬金術は奇跡同然だった。

アイテムの販売やエンチャント付与、そのいずれもが大きな効果をもたらした。客は誰もが満足して帰っていったし、お代を払えない人には無償でアイテムを渡すこともあった。

『やっちゃってくれ、モニカちゃん！』

『お任せください！　どりゃーっ！』

時にはモニカが呼ばれるケースもあった。

畑に棲まう厄介なモグラに、モニカの爆弾はうってつけで、たちまち害獣を追い払った。

農家の夫婦はとても感謝して、二人に山盛りの野菜を渡したものだ。

『ちょっと、落ち着きなさいよ！』

『どうどう、どうどうですよーっ！』

時には人間だけでなく、馬や牛、人に懐いた魔物にポーションを与えることもあった。

人間用のポーションを錬成できても、それ以外に効くものを錬成できる錬金術師はカバーラどころか、アルカニア全域を探してもあまりいない。

その数少ない一人であるウォルターが、引っ張りだこになるのは当然だった。

『いつまでもジタバタしてると、その角を斬っちゃうわよ！』

ポーションを劇物と勘違いして暴れる牛を抑えるのに、農家の面々やモニカだけでなく、時折仕事についてくるアイリスも協力してくれた。

かなり乱暴な手段ではあるが、彼女の手助けは、ウォルターにとってありがたかった。

もちろん、街の錬金術師は最初こそ反発していたが、その彼らも、前述したようなお手上げの仕事をあっさりとこなした件もあって、今では住み分けができている。

普段は行きつけのところに、困った事態はウォルターに。

このような構図が、すっかりカバーラの住民には根付いていた。

「そういえば師匠、ポーションの圧縮と粉末化の研究をまだ続けているのですか？」

そんな街に住まう二人の会話は、他愛ない師匠と弟子のそれである。

「いいや、半年前に終わったよ。まだ実用はしてないけど、理屈の上ではポーションを粉末にして、効果を維持したまま、より多くの人に渡せるようになったんだ」

ウォルターはもう、周りの視線を気にしていない。

彼の誠意と信念が、カバーラの街の人々に理解してもらえた結果と言えるだろう。

「もっとも、圧縮すると味がとても悪くなるから、まず人には飲ませられないよ」

「ふむ、どんなお味で？」

「俺が一度だけ、市販のポーションを粉にして飲んでみたんだ。結論から言えば、三日ほど舌にえぐみと苦みと酸味が残り続けたね」

「うぅーむっ！　私なら絶対に飲みませんねっ！」

「だろう？　もしも味なんて一切合切無視するほどの緊急事態で、なおかつ多くの人にポーションを飲ませないといけないような事態が起きれば、活用する機会もあるかもね」

さて、麻袋を片手で抱える彼の話題は、モニカの目をキラキラと輝かせていた。

錬金術に卓越してなお、ウォルターの向上心は止まらない。ポーションの粉末化と効果の維持は、彼が半年前に研究を終え、実用性を確認した最新の技術だ。

「いやはや、やっぱり師匠はさすがですね！　一度完成したポーションを別の形に変えると、たいていは効果が強くなりすぎるか、まったくなくなってしまうものなのに！」

研究が完成する現場にいたかったと、モニカは眉間にしわを寄せながら心底思った。

「うーむ、冒険者生活も懐かしいですが、やはり師匠のもとで修業を積みたくもなってきました っ！　体が二つあればどっちも叶うというのに……そうだ！」

モニカが何やら名案を口に出す前に、ウォルターは彼女の額を小突いた。

「君そっくりに『ホムンクルス』を錬成するのはタブーだよ」

どうやらモニカは、彼の忠告と一言一句変わらない名案を言おうとしていたようだ。

「ややや っ!?　師匠、どうして私の考えが読めたのですか!?」

「ずっと昔に一度、ひどい目に遭ったのさ」

「完璧な師匠が失敗を？　そんなの、まるで想像がつきません！」

「俺だって人間だからね。失敗の経験がないなんてあり得ないよ」

モニカが自分を神格化しているのが、ウォルターには少しだけ気がかりだった。

彼は自分を才覚溢れる人間、ましてや神などとは一度も思ったことはない。

ウォルター・トリスメギストスは、血筋と異能こそあれど努力によって今の技術を手に入れた、ただの人間だと確信している。彼は慢心しないし、常に謙虚な姿勢を心掛けている。

だから、アルカニアで起きた副作用は、ずっとウォルターの心に棘として残り続けていた。

あの時ほど、己が未熟だと痛感したことはなかった。

どうしてすぐに、自分の過ちを認められなかったのか。

自分にできる何かを探さずに、ただアルカニアを去るだけに留まったのか。

いつか直接会って心から詫びたいと思いながら、なお何もできていないのが、ウォルターの自分に対する評価の表れだ。

そんな経験のある男が完璧なんて、と彼は自嘲した。

「それに、錬金術師は何百回の失敗の上に、一つの成功を掴み取る職業だ。モニカにだって覚えがあるんじゃないかな？」

「と、言いますと？」

「爆破錬金術で爆弾を一個作り上げるまでに、山ほどのフラスコをだめにしてきただろう？」

「なるほど！　師匠の話は、いつもためになる――あれ？」

うんうんと何度も深く頷きながら話を聞いていたモニカだったが、ふと足を止めて、少し離れたところをじっと見つめた。

「どうしたの、モニカ？」

「師匠、あれを……あの人、アイリスさんでは？」

ウォルターもモニカの隣に並んで視線を向けた。

遠くに揺れる桃色の髪は、間違いなくアイリスだ。

「本当だ、アイリスだね。でも、あんなところで何してるんだろう？」

気になった二人が、声が聞こえるくらいのところまでやってくると、アイリスのおかしな態度に気づいた。

二人とアイリスは、マンティコアの討伐以降もたびたび一緒にいることがあった。

だが、ライブには一度も行かせてもらえなかったし、日時を聞いても「他のファンの邪魔になるから」と言って突っぱねられた。

特に昨日と今日は「アイドル活動で忙しい」の一点張りで、顔すら見せなかった。

なのに、共同住宅らしい建物の前にいるアイリスは、とてもアイドルらしくはなかった。

「ま、待ってください！　家賃なら来月、来月に必ず払いますから……！」

フリフリしたいつもの衣装ではなく、地味な冒険者の衣服に身を包んだ彼女は、これ以上ないほどうろたえていた。いつもの自信家らしい態度など、影も形もない。

一方で、彼女の前で腕を組む太った男は、随分と険しい顔をしている。

「先月も、先々月もそう言ったろう！　マネージャーさんに免じて許してやってたがな、あの人ももういないなら、あんたの家賃滞納を許すわけにはいかねえよ！」

「ジャーマネならすぐ戻ってきます！　信じてください！」

「信じるわけないだろう⁉　あの人からこっちに直接言ってきたんだよ、もうここにはいられないってな！　あんたも追い出して構わないってよ！」

「そ、そんな……」

しどろもどろになって戸惑うアイリスを、大家らしい男性が突き飛ばした。

地面に転がる彼女に、誰もが冷たい視線を投げかけながら通り過ぎる。

「どっちにしても、木っ端の底辺アイドルの言い分なんてもう聞きたくねえっての！」

「……あ、あたしは……底辺なんかじゃ……！」

底辺と言われたアイリスは、拳を握り締めることしかできないようだ。

そんな光景を見つめて、ウォルター達は目を丸くした。

彼女はトップアイドルだと言っていたし、踊り子と似たような職業だと考えれば相応の貯蓄があって当然だと、勝手に思い込んでいた。

ウォルターが知る踊り子には、毎日酒を浴びるほど飲んでも金が有り余る人もいた。

ところが、アイリスは違った。家賃を二か月も滞納するなど、食費を含めた生活費だけでいっぱいいっぱいになっている証拠だ。

同時に、ウォルターの中でひとつの謎が解けた。

彼女はポーションの代金を払わないのではない――払えないのだ。

ビナーの森でアイリスが言っていたことは、冗談ではなく、真実だったのだ。

「気持ち悪いファン、だっけか？　そんなのがたまに家の前で騒ぎ立てるし、あんたもアイドルなんか辞めて、真っ当に地に足のついた仕事でもするんだな！」

「お、お願いします！　あと一日だけ、ここを追い出されたらどこにも行くあてが……」

「知ったこっちゃないよ！　野垂れ死んでろ、バカ小娘が！」

とうとう戸を閉められ、アイリスは追い出された。

背負ったリュックの中に納まるほどの荷物が、彼女がいかに貧乏かを物語っていた。

道行く人は、誰も彼女を助けない。

もしもアイリスがカバーラで一、二を争うほどのアイドル冒険者だったなら、誰かが手を差し伸べただろう。

あるいは大家の言っていた奇怪なファンがこの光景を目の当たりにしたならば、下心剥き出しでアイリスに救いの手を差し伸べて、顔を殴りつけられていただろう。

今は、そのどちらもいない。

いつもの光景に戻る大通りの端で、彼女はかすかに震えていた。

「……真っ当な仕事って、アイドルだって……」

奥歯を強く噛みしめて、アイリスは自分の仕事を見下された悔しさに耐えている。

大家に反論したいのだろうが、言葉が出てこない様子だ。

「でも、どうすればいいのよ……あたしの夢は、こんなところで……」

とはいえ、どうすればいいのか五里霧中《ごりむちゅう》の彼女は、くたびれた顔で辺りを見回した。

新しい家を探そうとか、とりあえず昼食を食べてから考えようとか。

「……あ」

そのような思考は、ウォルター達を見た途端、たちまち吹き飛んだ。

「「あ」」

目が合って、一秒、もしくは二秒ほど。

「～～～ッ！」

危機を察知したウォルターがモニカを連れて逃げようとするよりもずっと早く、アイリスが回り込むようにして駆けてきた。

「あんた達、見た⁉」

たちまち逃げ道を塞がれた二人に、アイリスが鬼の形相で顔を寄せてくる。

「え、何が、何のこと⁉」

「しらばっくれんじゃないわよ！　見たわね、間違いなく見たでしょ！」

「あの、えっと、それは……」

口の中に牙すら見えるほどの怒気を纏《まと》う彼女の問いに、ウォルターは言葉を詰まらせた。

しかし、モニカはまだ、どうして自分達が追いかけられたのかを理解できないようだ。

「ハイ、見ました！」

「言っちゃダメだよ、モニカ！」

「アイリスさん、今日はアイドル活動でたくさんのファンに元気を届けると言っていましたが、なぜこんなところに？　しかもさっきの、大家さんから追い出され……」

「モ～ニ～カ～っ！」

「んぎゃっ！」

慌ててウォルターがモニカの口を塞いだが、もう手遅れだった。

てっきり彼は、激怒したアイリスが剣を振り回して追いかけてくるのではないかと思って身構えたが、何も起きなかった。

「……じゃあ、もう嘘をつく必要もないわね」

代わりに、彼女の怒りが風船のように背中から抜けていくのが見えた。

「ナンバーワンアイドル冒険者なんて、真っ赤な嘘よ」

「嘘……？」

「事実なのはアイドルで、冒険者ってところだけ。アイドルとしての実績はゼロ。たまの営業も二度目は呼ばれない。ライブを企画しても、どこも他のアイドルで埋まってて話にならない。これが底辺じゃないなら、何だっていうの？」

唇を噛みしめつつも発する言葉は、アイリス・ラブ・ワンダフルではなく、アイリス・ロナガンの言葉であり、彼女が最も認めたくない現実でもあった。

「うすうす気づいてたんでしょ？　あたしがちっとも売れてない、底辺アイドルだって。必死こいて歌っても、厄介なファン以外誰も足を止めないような貧乏三流アイドルだって！」

そう。アイリスはナンバーワンどころか、底辺アイドルだったのである。

語気が強まる彼女自身が一番認めたくないだろうが、彼女がトップアイドルであった時など一度だってない。むしろ、底辺から抜け出した時期すらない。

ウォルターが曲を聞いたことがないのも、ほぼ円盤が売れていないないのだから当然だ。

ないないない尽くしのアイドル生活を送る彼女ならば、家賃を払えないのも仕方ないだろう。

「そうよね、そもそも売れてるなら、マンティコアを倒すなんて無茶しないわよ！」

「だから、マンティコアなんて危険な魔物の討伐依頼を!?」

「言ったでしょ！　無茶でもしないと、あたしは売れないのよ！」

マンティコアを倒そうと躍起になっていたのも、やはり無名ながら必死に名前を売ろうとしていたからなのだ。

命を懸けるリスクを冒すくらいなのだから、あの時点でもうがけっぷちに立たされていたのである。もしかすると、引退もかかっていたのかもしれない。

ならば、彼女についてきていたジャーマネはどうなるのか。

「あの、ジャーマネさんは……」

はん、とアイリスがため息をついた。

「辞めたわよ」

「えっ？」

「辞めたわ。どこに行ったかなんて、知らないわよ」

すっぱりとアイリスが言ったように、ジャーマネは泥船から既に脱出していた。

しかも自分勝手な彼女を置いていくという、最高の仕返しと共に。

「あたしの面倒なんか見切れないって書き置きだけ残して、近くの事務所はもぬけの殻。あたしの生活費はジャーマネが捻出してたけど、きっとこれ以上稼げないってわかって、見切りをつけたのね。賢明な判断だわ」

「そんな……」

「笑えるでしょ、あたしは一からやり直しどころか、マイナススタートってわけ」

自嘲するアイリスだが、すぐに寂しげに視線を地面に落とした。

「……いなくなって、初めてありがたさってのに気づけるものなのね。謝りたくても、あたしの身勝手で振り回してごめんなさいって言いたくても、もう言えないのよ」

己の後悔を吐露するアイリスに、ウォルターは自分を重ねた。

彼もまた、謝れないままの棘が心に刺さったままの人間だからだ。彼女の場合は、もう相手がどこにいるかもわからないのだから、永遠に後悔し続けるだろう。

「仕方ないわ、アイドルなんてガワを取っ払えば、あたしはただのワガママなガキだもの」

ただ、アイリスは彼と違い、強がって自分を誤魔化す術を知っている。

もう一度顔を上げた彼女は、いつもの高慢な表情に戻っていた。

「というわけだから、あんた達もどっか行きなさい。どうせもう、ポーションの代金を支払えるあてもないんだから。あたしはあたしで、田舎にでも帰って畑仕事の手伝いでもやろうかしら？　それくらいなら、役に立ちそうだしね」

本心ではないだろうに、アイリスは嘲るような笑い声と共にその場を去ろうとした。

モニカはどうすればいいのかわからず、寂しげな顔で立ち尽くしている。

「アイリスさん……」

ところが、ウォルターは違った。

くるりと背を向けて歩き出すアイリスの手を、気づけばウォルターは握っていた。

離せ、とは言わなかったが、彼女は代わりにじろりと彼を睨みつける。

「……何よ、金ならないって言ってるでしょ」

「お金の話なんかしないよ」

「そうですよ、アイリスさん！　師匠は――」

どうにか口を開いたモニカの一言で、とうとうアイリスの癇癪《かんしゃく》玉が破裂した。

「――もういいのよ、アイドルなんてっ！」

人々が立ち止まるほどの声が、二人の鼓膜を突き刺した。

「蓄音円盤だって一枚も売れないし、あたしみたいな性悪にアイドルなんか向いてなかったのよ！　やっと目が覚めたんだから、ほっときなさいよっ！」

アイリスの腹の底から響く声は、明らかに彼女の喉を痛めつけている。

それでも声量を落とさないのは、アイリスが自暴自棄になっているからに他ならない。

「あ、アイリスさん、ダメです！　大声を出したら、喉が……」

「潰してんのよ！　しゃがれ声の性格ブスなんて、あたしにはピッタリよ！」

「やけくそにならないでください！」

いくらモニカはアイリスとの仲が悪いとはいえ、無理矢理自分を不幸にしようとしているさまを止めないほどの悪人ではない。

一方でアイリスはというと、彼女の手を振り払い、金切り声で叫び続けるのだ。

「うるさいわね、あんただって腹の中じゃ喜んでるくせに！　あたしとはず～っと口喧嘩ばっかりだったもんね、無様でしょ、笑いなさいよ！」

モニカが制止するのも無視して、彼女は喉を潰そうとしている。

二度と、歌うことができなくなるように。

アイドルになる夢を、忘れられるように。

「わかったでしょ、あたしには金も夢も何もないの！　じきに街も離れて田舎に帰るんだから、どうしても金が欲しいなら身売りでも――」

モニカですら何も言い返せないほどやけくそ気味な言葉を連ねるアイリスの目から、ウォルターはちっとも視線を逸らさなかった。

彼は知っていた。本当は、彼女が孤独から救い出してほしいのだと。

だからウォルターは、できる限りの温かい笑顔で彼女を迎え入れる準備をした。

「――お金はいらない。ポーションが欲しい時には、いつでも俺を呼んでいいよ」

「……は？」

安堵するような声を漏らすモニカの反対側で、アイリスが歯軋りした。

彼女の視線は冷たく、ウォルターを射殺しかねないほどだ。

「何回言わせんのよ、金ならないって言ってるでしょ⁉」

「こっちも何回だって言うよ、お代はいらない」

それでもなお、ウォルターは自分の意志を曲げるつもりはなかった。

「俺のポーションがアイリスの喉に効いて、それでアイドル活動を続けられるんだろう？　だったら工房に来てくれたら、そのたびにポーションを錬成するよ。もちろん、飲みすぎると逆効果だから、ほどほどにね」

彼は一人でも多く、目の前で苦しんでいる人を救う。

アイリスが孤独に逃げ込もうとしても、ウォルターは必死に彼女の手を掴む。

錬金術は、そのための力だと彼は信じているのだ。

「……意味わかんない。何で、あたしに……」

ウォルターの無私《むし》の優しさを、アイリスは受け入れられずにいた。

アイドル冒険者を目指してから一度だって、こんな言葉をかけられたことはなかった。

同業者は全員敵だし、両親はもの凄く反対した。マネージャーは味方でも敵でもなく、自分をビジネスのアイテムと考えていた。自身の態度も悪かったが、結果として商材にならない彼女は捨てられたのだから。

「ええと……諦めない強さが素敵だから、かな？」

「諦めないって……今のあたしを見なさいよ、あたしはもう諦めたの！」

「ううん、諦めてない。俺には確かに見えてるよ」

「何が、何がよ！」

喚き、叫ぶアイリスに、ウォルターが言った。

「自分を後悔して、でもまだ前に進みたいって気持ちが宿った、アイリスの目だよ」

温かい言葉が投げかけられた時、アイリスは、はっと気づいた。

はにかむウォルターの視界の中で、アイリスは自分がどんな顔をしているかと考えただけで、
恥ずかしさで血が出るほど、唇を噛みたい衝動に駆られた。

（……前に進みたいって、その道を自分で絶ったのに）

知らず知らずのうちに自分は荒《すさ》んでいた。

心を氷で閉じ込めて、他者はすべて利用するだけの存在だと決めつけていた。

結果、傍若無人なだけの無能である自分は捨てられて終わりだ。

（苦しいって知ってるのに、後悔しか残ってないのに――）

なのに――このウォルターという男はどうだ。

（――なんであたしは、ウォルターの言葉なら信じてみようって思えるのよ！）

どうしてそこまで、見ず知らずの人を愛せるのだ。

「……バカじゃないの」

冷たく硬い氷を温かく溶かすような人に、初めて出会った彼女の目から、滴がこぼれた。

頬を伝う水滴を拭い、アイリスはいつものように眉を吊り上げた。

「ポーションを飲ませたがってるっていうなら、飲んでやるわよ！　見たところ、素材を調達して、これから工房に帰るんでしょ！」

「わかった、帰ったら早速錬成しよう！」

キーキーと耳をつんざく声で怒鳴るアイリスの前で、ウォルターは笑った。

「言っとくけど、ツケにしときなさいよね！　あたしは借りを作ったままってのが嫌なの、アイドルとして売れ出したら必ず代金を払うから、しっかり記録しときなさい！」

ふん、と鼻を鳴らすアイリスをじろりと見つめ、モニカが茶化すような顔を見せる。

「素直じゃないですね、アイリスさんってば……んむーっ！」

彼女はウォルターと違って、たちまちアイリスの攻撃対象となった。

口を尖らせたアイリスはモニカの頬をつまみ、ゴムのように伸ばす。

「さっきからぐちぐち言ってる生意気な口は、こ・れ・か・し・らぁ〜⁉」

「ひ、ひひゃい、ひひゃいれふ〜っ！」

止めたものかどうかと苦笑いするウォルターに、アイリスが振り向く。

「あと、あたしはあんたを専属の錬金術師にするのを諦めてないわよ！　超一流のトップアイドル冒険者になるのに、あんたが必要不可欠なの！　なんなら、あんたを次のマネージャーにしてやってもいいって思ってるわ！」

「随分上から目線ですね、そんなだからんむむーっ！」

「言・わ・せ・な・い・わ・よっ！」

モニカのもちもちの頰を上下左右につねるアイリス。

何かといがみ合う二人だが、実のところ仲は悪くないのでは、とウォルターは思った。

「あはは……とりあえず、工房に戻ろうか。アイリスにも、ポーションを渡さないとね」

彼が歩き出すと、アイリスはモニカの右頰をつまみながらついていく。

大通りをまっすぐ歩いて左に曲がれば、すぐに工房が見えてくる。

「それにしても、モニカとアイリスはなんだか仲がいいね。まるで姉妹みたいだ」

「こいつとあたしが、姉妹？　笑えるわ、さしずめしっかり者の姉のあたしと、犬みたいに一日中わんわん吠えてる妹のモニカってところかしら？」

「いいえ、違います！　真面目な妹のモニカと、わがままばかりで師匠を困らせている生意気な姉のアイリスですよ！」

反論するモニカだが、またも頰をつねられてひんひんと痛がる。

もっとも、本気で痛みを訴えないあたり、アイリスもやはり手加減しているようではある。

「ストップ、ストップ！　俺の話題が悪かったから、取っ組み合いはやめようね！」

とはいえ、いつまでもこうさせてはいられないと、ウォルターは二人の間に割って入ってモニカを解放した。やはり、彼女の頬はちっとも赤くなっていなかった。

（こうして喧嘩してるのも姉妹みたいだって言ったら、きっと怒るだろうなあ……あれ？）

なんだかんだ仲がいい二人の関係性を想い、喜ぶウォルター。

そんな彼の視界に工房が入ってきた時、彼は扉の前に人がいるのを見つけた。

てっきり錬金術関係の頼み事かと思ったウォルターが駆け寄ると、そうでないのがわかった。

入り口でポツンと立ち尽くしているのは、見慣れた男だ。

「バベッジさん！」

アルカニアのギルドリーダー、バベッジ・ヘンウッドだ。

以前より年老いたのではと錯覚するほど痩せ、枯れ木のようになってしまっているが、間違いなく彼はウォルターの知るギルドリーダーである。

「っ！」

ウォルターに後ろから声をかけられ、バベッジは大げさなほど震えた。

まるで、犯罪者が警邏隊に呼び止められたようなリアクションだ。

「や、やあ……ウォルター君……ひ、久しぶりだね、元気にしてたかい？」

「はい、カバーラにもすっかり慣れました。バベッジさんは……少し痩せましたか？」

少し、とは言ったが、バベッジの腕はすっかり骨ばっている。

元々痩せぎすとはいえ、半年ほど前は、この倍ほど肉付きが良かったはずだ。

「……ああ、うん、まあね。元々ちょっぴり太り気味だったから、ちょ、ちょうどいいと思ってるよ。ギルドの仕事は、その、ダイエットにうってつけだよ、ははは」

彼の笑い方は、ぎこちないなんてものではない。

いくら痩せたとか、多忙だとか言っても、それ以上におかしな様子に気づかないほどウォルターは間抜けではない。

今、バベッジは何かしらの問題を抱えているのだと、彼はたちまち見抜いた。

「ところで、アルカニアからこんな工房まで、俺に何か用ですか？」

試すように問いかけると、バベッジは口ごもり始めた。

「……その……」

恐らく、ここで簡単に話せるようなトラブルではないのだろう。

モニカやアイリスが自分に追いついてきたので、ウォルターが工房の扉を開いた。

「話しづらい内容なら、中で相談に乗りますよ。どうぞ、入ってください」

ウォルターに案内されて、バベッジはおずおずと工房の中に入った。次いでアイリス、モニカの順番に入ってきたのを見て、ウォルターは扉を閉めた。

「モニカ、コーヒーを出してあげて。バベッジさん、砂糖はいりますか？」

「ぼ……僕は何も入れなくていいよ。それより……」

ソファーに腰かけてもバベッジが落ち着かない理由は、モニカの表情にあった。

今まで見たことがないくらい、彼女は嫌悪感を露《あらわ》にしているのだ。

「どうしたんだい、モニカ?」

彼が理由を問うと、モニカは雄牛のように鼻息を噴き出し、きっとバベッジを睨んだ。

「今度ばかりは言うことは聞けません、ごめんなさい」

「……そりゃまた、どうして……」

「どうしてって、当然ですよ! 師匠がギルドから、アルカニアから追い出されるのに知らんぷりしてた人なんて、工房に入れたくもありません!」

それもそのはず、モニカはウォルターがアルカニアから追放されるのに同意した一人であるバベッジを、今もまったく許していなかった。

それこそ、もしもウォルターがいないか、彼がひと言バベッジへの不満を口にしようものなら、モニカは喜んで手にかけたフラスコにマナを注いで投げつけるだろう。

「師匠が動かないなら、私が工房からつまみ出します!」

天誅とばかりに錬金術で攻撃を仕掛けた結果として檻に叩き込まれても、モニカは天命を全うしたと胸を張るに違いない。

「うぅっ……」

「俺は気にしちゃいないよ、モニカ。気が引けるなら、俺が代わりにコーヒーを……」

一層委縮して縮こまるバベッジを庇うウォルターだが、モニカにも味方がいる。

「待ちなさい、あたしも気になるわね。チビ、事情を聞かせなさいよ」

アイリスが会話に割って入ると、モニカはさっきまでの対立などすっかり忘れて、びしっとバベッジを指さして忠犬の如く吠えた。

「この人はアルカニアのギルドリーダーですが、師匠が謂《い》われのない罪を着せられた時に、何もしなかったんです！　街の人から聞きましたよ、そそくさと逃げ出したって！」

「うっ……」

「バベッジさんがひと言、師匠は何もしていないと言えば、汚名を着せられることもなかったはずです！　ギルドリーダーなんですから、それくらいはできたでしょう⁉」

モニカの説明には、一字一句の間違いもない。

「あなたの半端な態度で、師匠がカバーラに来てからすぐに街の皆から冷たい目で見られたんです！　師匠がアルカニアを出ていった時、どんな気持ちだったかわかりますか！」

「……それは……」

「わかったなら、いいや、わからなくてもいいですから、今すぐ立ち去ってください！」

ぐっと拳を握り締めて吠えたてるモニカの目には、怒りの炎が灯っていた。

確かに、バベッジがパトリオットに対して少しでも強く出られていたなら、ウォルターはカバーラの街に追いやられなかっただろう。

もしくは彼が庇ってあげれば、少しでも猶予が与えられ、追放は防げただろう。

そのどちらもしなかったバベッジは、モニカの中ではパトリオットと同罪だ。

「ふーん、つまり傍観者ってわけね」

「ぼ、傍観者だなんて、僕は……」

「傍観者じゃないなら、加害者も同然よ」

うう、と呻《うめ》くバベッジを見下ろすように、アイリスが腕を組んで彼の隣に立った。

「よくもまあ、のうのうとウォルターのところに来られたわね。それくらい面の皮が厚くないと、リーダーなんて務まらないかしら？」

彼女もモニカと同じ意見で、今すぐ恥知らずの男を放り出してやりたかった。

最低な自分を見捨てずにいてくれたウォルターを大事に思っていたし、彼の痛みは自分の痛みだとすら考えていた。

そうしなかったのは、バベッジの弁解の方が早かったからというだけだ。

「……そ、そうだよ。僕は面の皮が厚い、最低の愚か者だ」

彼の紡ぐ言葉は、弁解というよりは懺悔《ざんげ》に近かった。

「父が……せ、先代のギルドリーダーが病気で仕事を続けられなくなって……書記になって間もない僕が……いきなり、ぎ、ギルドリーダーに任命されたんだ」

「本当なの、ウォルター？」

「うん、本当に急だった。バベッジさんのお父さんは診療所で療養してるよ」

バベッジが仕事に圧し潰されていたのは、ウォルターも知っている。

「し、仕事は大変だし、数も多いし……正直、まともな判断だってできなかった」

もとより人の上に立つタイプの人間でもなければ、バリバリに仕事ができる秀才でもない。彼は先代リーダーの息子であること以外、本人も認める凡人だ。

彼をギルドリーダーに推薦したのは先代ではなく、周りの人々だったらしい。

要するに、どちらかと言えば彼も面倒ごとを押し付けられた被害者だ。

「そこに……パトリオットが、ウォルターの悪事を並べ立ててきたんだ……ほ、他にも批判する冒険者がいたし……仕方ないと思って、僕は……！」

事なかれ主義を貫いたのも、パトリオットに従ったのも、ある意味では仕方なかったのだろう。そうしなければ、バベッジは憔悴《しょうすい》した末にどうなっていたかわからない。

「本当に申し訳ない、ウォルター！　で、でも、君しか頼れる相手がいなくて……！」

言葉に詰まったバベッジは、ソファーから立ち上がって深々と頭を下げた。

一組織のリーダーが頭を下げるという事態は、本来そう簡単にあってはならない。ギルドの総意の体現でもあるギルドリーダーが謝罪するのはつまり、ギルドが全面的に一個人に対して謝罪しているのと同じだからだ。

当然、周囲の印象も悪くなるし、取引にも影響を及ぼすだろう。

そのリスクを背負ってでも、バベッジは自らの非を認めたのだ。

「言っちゃ悪いけど、因果応報ってやつよ」

「私、信用なりませんっ！」

だからと言って、モニカとアイリスが彼を信頼する理由にはならない。

「あんたが加担して追い出した人間がいなくなって、トラブルが起きたんでしょ？　今更、自分達が危なくなったからって呼び戻そうとするなんて、ムシが良すぎるにもほどがあるわ」

「師匠がもしも問題を解決したとして、どうせまた難癖をつけて追放するかもしれませんし！　いい加減にしないと、爆弾で追っ払いますよ！」

特にモニカは、何よりも大事な師匠が、街とギルドに裏切られて見捨てられた苦しみを、自分の傷としても認識していた。師匠が心の奥に隠す傷を、自分も知っているつもりだ。

己を傷つけるのも、痛めつけるのもいい。だが、ウォルターへの攻撃は許さない。

炎のように燃え盛るモニカの瞳の奥の怒りが、そう代弁していた。

「そ、そ、そんな……」

怯えた顔を上げるバベッジの前に、ウォルターが立つ。

「……バベッジさん」

少しでも気を抜くと涙が溢れだしそうな彼に、ウォルターは言った。

嘘偽りのない、心からの言葉を告げなければならないと決意した。

「――何が起きたか、話してください。俺でよければ、力になります」

――すなわち、どんな悩みであっても解決するという、いつもと変わらない返答を。

「へ？」

「……え？」

バベッジだけでなく、モニカも怒りの炎を消して目を丸くした。

「ああ、そうだったわ。こいつ、こういう奴なのよね」

アイリスだけが、心底呆れたような、それでいて納得したような顔で肩をすくめた。

「師匠⁉　バベッジさんは、師匠が追放されるのを放っておいた人で……」

「バベッジさんが俺を追放するのに同意したって、俺がこの人を見捨てる理由にはならないよ」

拳をぐっと握って反論するモニカの頭を、ウォルターは優しく撫でた。

暴れる飼い犬をなだめるような彼を、バベッジは信じられないと言いたげな目で見つめていた。自分はこれから罰せられ、ウォルターから罵倒されると思っていたのだから、こんな返事は想定外だった。

「……君は、どうして……」

バベッジの口から零れた疑問を聞いて、ウォルターはふむ、と顎に指をあてがった。

「ええと、話すと長いんですけど、強いて言うならご先祖様のおかげですかね」

彼はローブの内側に手を突っ込むと、小さな手記を取り出し、ソファーに置いた。

何十年、何百年も経ったような古びた表紙には『トリスメギストスの写し』とだけ記されている。つまりこれは、ウォルターか、彼の血筋の持ち物だ。

「俺のご先祖様、トリスメギストスは……世界中の人を、錬金術で幸せにしたかった。けど、その時代の錬金術の主な使い道は戦争の武器だけ。彼は絶望して、自分の名が後世に残らないようにしたけど、最後まで一つの願いを抱いてたんです」

バベッジも冒険者ギルドの採用試験の前に、多少なりとも偉人の名前を一般常識として覚えて臨んだが、トリスメギストスなど聞いたことがない。

もしも知っていたなら、ギルドがもっとウォルターを丁重に扱っていたはずだ。

そしてこの無名ぶりこそが、彼の先祖の望みだともバベッジは察《さっ》した。

「錬金術で、誰もが笑顔になれる世界。彼は死の間際まで、後悔の念を抱いてこの書物を残してくれたんです。俺は彼の子孫だからこそ、彼の夢を叶えてあげたい」

加えて、ウォルターの望みであるとも。

いや、彼の場合はもっと大きな夢と願いを抱いているのだ。

先代のトリスメギストスが戦の時代において叶えられなかった――錬金術で人を笑顔にする、笑顔を守るという偉大な目標を、彼は今も抱いているのだ。

そんな男が、どうして人を憎み、頼みごとを断れるというのか。

「ったく。会って何日かのあたしが言うのもなんだけど、あんたはとんでもない大バカね」

自分を見捨てなかった男がバベッジを救わないわけがないと、アイリスは納得した。

一方でモニカは、師匠の懐の深さに感動の涙を流していた。

「師匠……私、師匠の志に感激しました……う、ぐずっ……ちーん」

「ちょ、あんた、人の服で洟《はな》かんでんじゃないわよっ！」

すっかり感心するアイリスとモニカの前で、ウォルターはアイリスに約束していたポーションの錬成をするために、工房の方へと歩いていった。

どうしたのかと思うバベッジと、服で洟をかまれたお仕置きとしてモニカの鼻を引っ張るアイリスが少しの間待っていると、やがて二本のフラスコを持ったウォルターが戻ってきた。

「バベッジさん。俺の錬金術で、皆の笑顔を取り戻してみせます。まずは、あなたからだ」

そのうち片方をアイリスに、もう片方をバベッジに渡す。

前者は以前と同じ澄んだ藍色、後者はエメラルドグリーンのポーションが入っている。

「……これは？」

「アイリスのポーションを錬成するついでに、おまけで一本分、錬成しておきました。魔法効果はありませんけど、疲労回復と鎮静に秀でてます。さ、飲んでください」

勧められるがまま、バベッジはポーションを飲んだ。

すると、少しばかりだがバベッジの手の震えが止まり、肌に赤みが差してきた。

「んく、ん……凄いね、体の芯から力が湧いてくるみたいだ……」

心なしか、思考もネガティブではなく、ポジティブに寄ってきたようだ。

「……ウォルター、き、君にこれから頼みごとをするけど……結果は問わない、君がアルカニアに戻れるようにすると約束するよ」

体が健やかになれば、何事にも前向きになれるのである。

「うん、広まった悪評も、間違いだったとしっかり皆に理解してもらう、から……だから、その、安心してくれ」

バベッジが頑張って笑顔を見せると、ウォルターも朗《ほが》らかな表情で返した。

「じゃあ、本題に入りましょうか」

彼に座るよう促されて、バベッジとモニカ、アイリスはソファーに腰かけた。

少しだけ間を空けてから、ギルドリーダーは口を開く。

「……実は、あるポーションが……冒険者ギルドで流行り出したんだ」

彼の悩みというのは、少し不思議なものだった。

というのも、ポーションが流行るなどそう珍しくない。

「ポーション？　そう珍しい話じゃなさそうですけど……」

「こいつがいなくなってから、別の錬金術師が売り出したってだけじゃないの？　ねえ、ポーションの販売ってそんなに珍しいわけ？」

ウォルターが首を横に振った。

「ううん、ポーションはアルカニアで資格を持っている錬金術師なら誰でも売り出せるよ。俺の知ってる錬金術師にも、それで生計を立ててる人がいるし……」

「要するに、カバーラの『トミーマン』みたいなもんよね？」

「マナ増強ポーションのことですね！」

カバーラでも、他の錬金術師が売り出している増強ポーションが流行しているのだから、本当にありふれた出来事なのだ。

「……問題は、別にあるんだ」

ところが、バベッジは神妙な面持ちで首を横に振った。

「確かに、そのポーションはとてつもない効力があって、確か、飲むだけで丸一日寝ずに活動できるうえに……体力もマナも、膨れ上がるんだ」

「凄い効果のポーションですね」

「……で、でも、それを飲んだ人は……きっかり二日後に、誰もが倒れてしまうんだよ」

彼の話を聞いて、ウォルターは身を乗り出した。

「倒れる？　過労とかではなく？」

「い、糸が切れたように倒れるんだ。ひどい熱と吐き気、発疹、激痛……中には、幻覚にまで悩まされる人がいて……診療所の医師も、か、過労じゃないと言ってたよ」

錬成されたポーションが体に合わない、あるいは効果が強すぎるといった理由で副作用を起こすのは、こちらもまたよくある話だ。

しかし、並べられた症状の数は、はっきり言って副作用の域を超えている。

引き起こすにしても発疹まで、激痛と幻覚など聞いたことがない。

「ポーションの副作用にしては、症状が多すぎます！　師匠、いったい何でしょうか！」

モニカの慌てた表情を横目に、ウォルターはふむ、と考えこむ。

「そこまでたくさんの副作用が同時に出てくるなんて、俺は聞いたことがないね。というより、意図的に発生させようとしないと、こんな事態にはならないよ」

「や、やっぱり……君の推論は、そうなんだね」

「アルカニアの錬金術師の皆は、どんな意見を出していましたか？」

バベッジが目を逸らした。

「……そ、それが、わからないの一点張りで……中には、試しに飲んでみて倒れた錬金術師もいて……誰も、調べようとしないんだ……」

「呆れた連中ね。まるで、誰かに脅されてるみたいじゃない！」

尻込みする連中を想像したのか、アイリスが口を尖らせた。

「王都に依頼を出そうとも思ったけど……か、仮に話が通ったとして、専門家が来るまで、何日もかかるんだ。その間に、何が起きるかわからない……」

アルカニアにも錬金術師はいるだろうに、ちっともあてにならない。

何かとトラブルに対応してくれる王都に相談しても、解決まで時間がかかる。

わざわざカバーラのウォルターを頼った理由も、これではっきりした。

「とにかく……アルカニアの冒険者ギルドと近隣の居住区は今、不穏な影に包まれてる。君が、その、最後の希望なんだよ、ウォルター」

最後まで話し終えたのか、バベッジはもう一度深く頭を下げた。

「ギルドリーダーとしてお願いしたい、冒険者達を助けてくれ」

先ほどのような頼りないものではなく、一人のギルドリーダーとして、ギルドを背負う者としての請願だ。

「一つだけ、条件があります」

深い、深い沈黙ののち、顔を上げたバベッジに、ウォルターが言った。

「モニカとアイリスを連れていってもいいですか？　二人がいると、俺も心強いので。もちろん、二人が良ければの話だけどね」

「当然です！　私は師匠の行くところ、どこでもついていきますっ！」

「乗りかかった船ってやつね。ま、手伝ってやるわ」

愛弟子とアイドルが快諾するのを見て、ウォルターは歯を見せて笑った。

この二人がいれば、ウォルターは怖いものなしなのだ。

「ありがとう、モニカ、アイリス！」

ウォルターが改めてバベッジを見つめると、これ以上自分が頼りないままではいけないと腹を括ったのか、彼も強く頷き返した。

「じゃ、じゃあ、アルカニア行きの馬車は手配してるから、行こうか」

まだ覚束《おぼつか》ない声だが、中には確かに強い意志があった。

こうして全員一致で話が決まり、ウォルターはアルカニアに戻るのだった。

# 第七章

一度アルカニアに住まうと、他の街では暮らせない。

誰が言ったかは知らないが、それくらいアルカニアは住みやすい街として知られている。

物資流通の中心にして、錬金術師や鍛冶屋が多く集まる環境と、暮らしやすい気候のおかげで年々定住者が増えている。中には、王都からこちらに移り住む者もいるくらいだ。

「……まさか、アルカニアに戻ってこられるなんてね」

そんなアルカニアから一度は去った男――ウォルターが、再び戻ってきた。

馬車から降りたウォルターは、冒険者ギルドの近くの地面を踏みしめる感触に、どこか懐かしさすら覚えていた。

「あんた、世間的にはポーションの副作用で人を殺しかけた奴になってんのよね？　そのわりには、随分とあんたへの視線がきつくないんじゃない？」

「もちろんです！　師匠は無実なのですから！」

「み、皆、もう君への疑いなんて持っていないよ……もっとも、今はそれどころじゃない、というのも、うん、理由かもしれないけど……」

彼の後に続いて降りてきたモニカとアイリスはというと、特別な感傷はない様子である。

ババッジはともかく、これといってアルカニアに思い入れのないモニカとアイリスにとっては、ウォルターが糾弾されないかという点の方が心配だった。

ところが、行き交う人はウォルターを指さして犯罪者だ、追放だ、などと喚きはしない。ただの住民から冒険者まで、誰もが気に留めていないようにも見える。

そしてウォルターですらそうなのだから、三流アイドルのアイリスなど、ほぼ無視も同然だ。

「つーか、誰もあたしが来たのに反応しないのもムカつくわね。いくら無名だからって、こんな美少女アイドル冒険者が来たら、ちょっとは騒ぐもんじゃないの？」

「アルカニアにはもう、アイドル冒険者がたくさんいるからね……ぼ、僕が覚えているだけでも十五人、グループなら四組……正直、最近はもう人気で勝てないと思って、志す子の方が少ないよ……」

戦う前から舞台を降りるなど、アイリスにしてみれば信じられない話である。

「フン、情けないわね。夢は追いかけてナンボじゃないのよ」

「そういうところ、やっぱりアイリスはカッコいいね」

「可愛いって言いなさいよ、おバカ！」

怒鳴るアイリスだが、その怒り方はモニカに対するのとは少し違った。

「……でも、ありがと」

「ツンデレ営業とは！　かーっ！」

頬を赤らめて彼女が礼を言った理由を、きっとウォルターは知らないだろう。

モニカが鬼の形相をしている理由も、当然わからないままだろう。

「と、とにかく、宿に案内するよ。最初の被害者は、そこに隔離してるから」

バベッジは話を遮《さえぎ》るように、三人を宿へと案内した。

宿に至るまでの道中、ウォルターは何度か通りの店に目を向けた。錬金術師の工房は多くが閉まっており、道端で錬成する術師の端くれの姿が散見される。

まっとうな錬金術師がことごとく消え去ったかのような環境は、ウォルターの目から見ても異常だった。まるで、誰かに外に出ないよう忠告されているかのようだ。

この様子では、冒険者もポーションの調達に難儀しているだろう。

いつもと変わらないように見えておかしな環境の中、一行は宿屋に着いた。

「おや、あんた、ウォルターだね！　アルカニアに戻ってきたのかねぇ！」

宿の玄関で植木に水をやっていた、恰幅のいい女性はウォルターに気づくと、彼に歩み寄ってきて手を握った。その様子からは、彼を悪党と思っているわけがないと断言できた。

「宿のおかみさん……元気そうで何よりです」

ウォルターもまた、宿のおかみに握手で応じた。

「お知り合いですか、師匠？」

「俺がアルカニアにいた頃、この宿屋にいたんだ。何かと世話になったし、追放された時も、俺のことを心配してくれた人だよ」

ウォルターの味方でい続けてくれたおかみは、手を離すと心配そうに言った。

「あんたが来たってことは、ギルドリーダーさん、彼らのところに行くのかい？」

「そ、そうです。すいませんが、鍵を貸してください」

「はいよ。病人は二階の一番奥の部屋だよ」

おかみはエプロンの中から鈍色の鍵を取り出して、バベッジに渡した。

鍵を受け取って入っていく一行を見送る中、おかみは最後に入り口をくぐろうとしたウォルターの肩を叩いた。

「ウォルター、街を出ていく時に何もしてやれなくてごめんよ。今更謝ってどうなるものでもないけど、部屋で苦しんでる子達を、どうにか助けてやっておくれ」

「任せてください。そのために、アルカニアに戻ってきたんです」

ぎゅっとおかみの肩を抱き、ウォルターはバベッジについていく。

宿はそう広くなく、廊下を進むとすぐに一番奥の部屋が見えた。

「こ、ここだよ。冒険者パーティーの四人が、最初に被害を訴えてきたんだ」

バベッジが部屋の扉を開くと、ベッドに寝かせられた四人の男女が呻いていた。

びっしょりと汗をかき、今まさに爪を剥がされているかのような苦痛に耐えている形相は、見ているこちらが苦しくなるようなひどいさまだ。

だが、ウォルターは彼らの痛みではなく、彼らが何者であるかをたちどころに理解して、息を呑んだ。

四人は決して、彼と無関係な人間ではなかった。

「……彼らは……まさか！」

「あんた、こいつらを知ってるの？」

アイリスが問うと、ウォルターは複雑な面持ちで頷いた。

「……俺の錬成したポーションの副作用を訴えた、冒険者パーティーのメンバーだよ」

そう。彼らは皆、ウォルターのポーションによる副作用を起こしたとパトリオットに紹介された、若い冒険者パーティーの面々なのだ。

パトリオットに連れられてきた三人と、顔を合わせることすら許されなかったリーダーの一人。いつか会って謝らなければならないと思っていた四人と、まさかこんな形で再会するとは予想だにしておらず、さすがのウォルターも目を見開いていた。

「ぐぐ、う、あああ……！」

「痛い痛い、痛いよぉ……」

その面々が今、彼が最後に見た時よりもずっと恐ろしい症状で悶絶している。

激痛に苛《さいな》まれる姿を目の当たりにして、モニカやアイリスも恐怖を隠せなかった。

「想像より、ずっとひどいです！　まるで流行り病にかかったみたい……」

「ただの怪我や病気じゃない。明らかに錬金術が原因で発生してる、ポーションの副作用だ。でも、まともに作って起きる規模を軽く超えてて、とても危険だよ」

「どうして副作用だって確信できるの？」

ウォルターは彼らに近づき、そのうち一人の掛け布団をめくって爪を見せた。

先端が異様に黒ずんだ爪は、うっ血よりも気味の悪い色に染まっている。

「強すぎるポーションは、目の血管や、爪の色、口内の色を変えることがあるんだ」

次いで唇をめくると、同じように肉が黒色になっていた。冬の暖炉ですっかり燃やされた炭のような色、とでも言うべきか。

同じようにまぶたの裏、額のあたりを触ってから、ウォルターが口を開いた。

「彼らの場合は、目や口、爪どころか、髪の生え際にまで黒色の変色が起きてる。色が濃いほど危ないから、放っておくと死んでしまうかもしれない」

布団をかけ直して、ウォルターはモニカと共に思い当たる原因を話し合う。

「黒色となると、素材は『マッドリザードの皮』でしょうか？『暗黒たまご』か『イナズマウオ』かもしれないとは思ったんですが、師匠の意見を聞かせてください！」

「いいや、取扱等級でいうなら確実にすべての素材が第三等級を超えてる。少なくとも、『呪縛草の種』や『絶望胆石』くらい危険な素材が使われているのは間違いないね」

錬金術に精通した二人の間では会話が成立している。

だが、アイリスとバベッジからすれば異国の言葉を聞いている気分だ。

「何の話をしてるか、素人にはさっぱりね」

「餅は……餅屋に任せよう」

しばらく錬成とか、素材の質とかについて語った後、ウォルターが手を叩いた。

「モニカ、バッグから素材を出して、錬金術の準備をしてくれるかな？」

「了解ですっ！」

背負っていたバッグを開いたモニカは、中から折り畳み式の鍋と、布に包まれた素材を床の上に並べた。

鍋は真っ黒で堅そうだが、モニカがてきぱきと組み立てられる様子を見るに、軽い素材でできているようだ。もしくは、ウォルターが何かしらのエンチャントをかけているのだろう。

「今から副作用を和らげるアンチ・ポーション錬成するよ。普通なら毒薬になりかねないけど、強すぎる効果を中和するのに使うんだ」

「アンチ・ポーション？　聞いたことないわよ、そんなの」

「錬成する機会も少ないし、市場じゃあまり出回らないからね」

ウォルターは鍋の中にフラスコの液体を注ぎ、素材をいくつも投げ込んでゆく。

「『ダークセージ』、『黄金向日葵《おうごんひまわり》』に『爆炎石』……フラスコを用意して、モニカ！」

「はいっ！」

そして右目を輝かせながら手をかざし、体内のマナの光を注ぎ込んだ。

「ウォルター、それは……！」

「ババッジさんに見せるのは初めてでしたね。俺の力、『カドゥケウスの瞳』です」

ババッジが目を見開いた次の瞬間、モニカの爆弾のような音が響いたかと思うと、鍋の中身が一瞬で溶け、混ざり合って、普段のポーションよりも粘度の高い液体となった。

しかもそのポーションは、鍋の縁からどろどろと濁っていくのだ。

「よいしょ、よいしょっと！」

モニカは爆発音にもまったく動じず、フラスコを突っ込んで液体を掬い上げた。

フラスコいっぱいに液体が溜まり、最後に、鍋の中身は完全に硬化してしまった。この残された液体こそが、どうやらアンチ・ポーションと呼ばれるアイテムらしい。

「……よし、錬成成功だ」

ふう、と二人揃って安堵の息を吐く。

「アンチ・ポーションって、そんなに錬成が難しいの？」

鍋の中身を別の布に包んで捨てる作業を眺めながら、アイリスが聞いた。

「錬成自体はそう難しくないかな。だけど、一瞬の間にフラスコの中に閉じ込めないと、たちまち効力を失ってしまう。効力を一度なくすと二度と元に戻らないから、ポーション以上に手際が大事なんだよ」

「師匠はこう言っていますが、実は錬金術師の中でも、限られた実力者だけが錬成できるアイテムですよ！」

そんなものがあるのか、と納得したアイリスの前を横切り、ウォルターが一番近くの冒険者のもとにポーションを持っていった。

彼と冒険者の間に面識はなかったが、ウォルターは確かにこの男を知っている。

自分のアイテムの副作用で最もひどい被害を負ったという——冒険者パーティーのリーダーだ。

「はあ、はあ……うぅ、ぐう……！」

「…………」

一瞬だけ、ウォルターはフラスコを叩き割ってしまいたい衝動に駆られた。

（……俺のせいで、この人が……もしもまた、同じ過ちを……）

自分の失敗で、再びこの人を苦しめるのではないかと思ってしまったからだ。

錬成は間違いなく成功しているが、アンチ・ポーションでさらに彼を苦しめてしまったなら、ウォルターは錬金術師の看板を下ろすだろう。モニカにも自分の教えを忘れるように告げ、誰もいないところで後悔の余生を過ごすだろう。

少なくともそれだけ、あの失敗は彼の心情にひびを入れていた。

（……いいいや、恐れるな。俺は今、俺の成すべきことを成すんだ）

だが、呻く冒険者の表情を見つめて、彼は意を決した。

「ちょっぴり苦いかもしれないけど、我慢して。喉を通るのは、一瞬だから」

ぐっとフラスコを握り締めたウォルターが、冒険者の黒ずんだ唇を開いてポーションを飲ませた。どろどろと濁った液体が、口の端から零れてゆく。

「むぐぐ、んぐ……ん……っ！」

それでも喉に一部はちゃんと通っているようで、彼は強い苦みで体を震わせた。

「ど、どうなの？　成功したの、それとも失敗？」

「『カドゥケウスの瞳』を持つ師匠のアンチ・ポーションです！　失敗なんてありえません！」

二人とバベッジが心配そうに見守る中、ウォルターはフラスコを離す。

しばらくの間、男は震えが止まらなかったが、やがて大きな痙攣《けいれん》と共に目を開いた。

「……あんた……ウォルター……錬金術師の……」

男が会話できるくらいに機能を回復できたと知り、ウォルターは安心した。

「意識は取り戻せたみたいだね。具合はどうだい？」

「……体中、痛いけど……さっきより……まし、みたい……だ……」

弱々しい声だが、返事ができるほど思考もはっきりしているようだ。

「よかった！　他の人の分も錬成するから、ちょっとだけ待ってて！」

ぽん、と彼の肩を叩き、ウォルターは次の冒険者のもとに向かった。

残りの三人も、アンチ・ポーションを飲んだ後はひどく震えたが、すぐに落ち着いた。

メンバーは会話こそできないものの、痛みと苦しみは相当ましになったらしく、たちまち寝息を立て始めた。

ひとまず最悪の事態を防いだウォルターは、もうすっかり泥のようになって使い物にならないポーションの入ったフラスコの口に蓋をする。

表情からして、まだまったく気を抜いてはいないようだ。

「それにしても、この濃度のアンチ・ポーションを使っても症状を和らげる程度しか効果を及ぼせないなんて、相当強力で危ない素材で錬成されたんだね、例のポーションは」

「君がそう言うくらいなんだから、間違いないだろうね」

腕を組み、バベッジが渋い顔を見せた。

「バベッジさん、これはいつ頃から売り出されましたか？」

「売り出したというよりは、ええと……誰かが、無料で配布したみたいなんだ。そこに置いてある瓶が、ぽ、ポーションの入っていた容器だよ」

バベッジが指さしたテーブルの上には、毒々しい色の小瓶が置いてある。

ウォルターはそれを掴み、ラベルに書かれた銘柄を読み上げた。

「……『マッド・スパーク』？　聞いたことのない銘柄だ」

「ギルドにも登録のない……おかしな名前なんだ。飲んだ人は、ほ、ほとんど不調を訴えてるよ……彼らみたいに、重症になる人はあまり、い、いないけどね」

「飲んだ人とは、例えば？」

「冒険者がほとんどだけど、れ、錬金術師も飲んだ者がいるはずだよ。理由はさっぱりわからないが、か、彼らもその瓶を持っていたんだ」

冒険者だけでなく、錬金術師も怪しいポーションを飲んだ。

どこかの誰かが、意図的に渡したと思っていいだろう。気になるのは、こんなに危険なポーションを、普通の錬金術師なら飲もうなどと絶対に考えない点である。

（……飲んだというより……飲まされた？）

まるで、ずっと偉い誰かが、権限を利用して無理矢理飲ませたようではないか。

「底に液体が残ってる。解析すれば、素材がわかるはずだ」

ちゃぷちゃぷと揺れる瓶の中身を他の器具に移そうとした時、冒険者のリーダーがゆっくりと手をベッドから出して、ウォルターの腕をつついた。

「……な、なあ……」

「ん？」

男は痺れているらしい喉を震わせ、なんとか言葉を紡いだ。

「……ごめん……あんたの、ポーションの、副作用……」

彼の口からこの話題が出てくるのも、無理はない。

ウォルターもまた、この時がくると覚悟していた。

アルカニアを彼が去ってから何度、この若く勇猛な冒険者はポーションを飲むのをためらったろうか。そうさせたのは紛れもない、眼前にいる錬金術師なのだ。

罪を認める今のウォルターは、彼と静かに向き合った。

「謝るのは俺の方だよ。普段失敗しない錬成素材だからって油断をして、君を苦しめただけじゃなく、最後まで自分のミスだって認められなかった。俺は錬金術師失格だ」

ぐっと拳を握り締める彼の腕を、リーダーはあまりにも弱い力で掴む。

「……違う、違うんだ……！」

「違うって、何が？」

そして、ぼろぼろと目から大粒の涙を零しながら言った。

「本当は……副作用なんて、なかったんだ……何も、なかったんだ……！」

ウォルターが唖然とするほどの真実。

副作用の話がすべて偽りであると、彼は告げた。

「……まさか」

彼だけでなく、話を聞いていたモニカやアイリス、バベッジも絶句した。

当然だ。ウォルターが追放された理由が、まったくの虚言だったのだから。

「お、俺達……ギルドのサブリーダーに……脅されて……ポーションじゃなくて、効果の薄い……毒薬を飲むように、って……副作用のふりを、しろって……！」

しかも、それを示唆したのがあのパトリオット・マロリーだというのだ。

恐ろしい事実に耐えきれず、ウォルターの後ろで、ババッジが驚愕の声を漏らした。

「他の人が噂してたのも？」

「……ああ、サブリーダーは、いろんな奴に……悪評を広めるよう、根回ししてた……」

リーダーの声が、恐怖と後悔の念で圧し潰されたようにか細くなった。

ほんの数日前までの出来事を思い出して、彼は呻き、ハンサムな顔を歪ませる。

彼の脳裏をよぎるのは、パトリオットに支配される日々だ。

最初は大量の金とギルドでの地位を約束され、ウォルターを蹴落とす作戦に乗っかった。罪の意識はあったが、自分達の華々しい将来のためだと思って目をつぶった。

ところが、ウォルターがいなくなって、街が少しずつおかしくなっていった。

原因のほとんどがパトリオットにあると、リーダーもさすがに気づいた。

仲間とも相談して彼と距離を置こうとしたが、犯罪に一度加担した冒険者パーティーが逃げられるはずもなく、脅迫の末に恐ろしい提案をされた。

「それで……今度は……サブリーダーが錬成した、ポーションを……飲めって……凄い剣幕で、断れなくて……四人で飲んだら……こんなことになって……！」

毒々しい色のポーションを飲め、と迫ってきたのだ。

言われるがまま飲んだものの、何事もないどころか元気になれたと、最初は四人とも楽観視していた――きっかり二日後に、四人揃って倒れるまでは。

しかも同じように、他の冒険者まで倒れたのだ。

彼らは一様に、四人が飲んで元気になったのをパトリオットがアピールしていたと言った。

もしも四人が勇気を出して断れば、こんな大惨事には至らなかったはずだ。

「……きっと……罰なんだ……」

父にも相談できない。

ギルドはサブリーダーがすべての情報をシャットアウトする。

苦しみに満ちた地獄の日々の中、彼の中には後悔だけが渦巻いていた。

「……報酬につられて……あんたを騙した……天罰だよ……！」

彼は己の罪をすべて吐き出すと、ベッドの上で声を押し殺して泣いた。

大商人の息子にまで手を出すパトリオットの計画はさっぱりわからないが、あの男はウォルターを追い出すべく、錬金術を悪用して、人を傷つけたのだ。

これを悪と呼ばず、何を悪と言うか。

ウォルターは初めて、沸き立つ激情を胸の中に感じ取った。

「いいや、天罰なんかじゃない。これは錬金術を悪用した結果の被害者だ」

パトリオットへの怒りの感情を押し殺し、彼は努めて笑顔で、リーダーの涙を拭った。

「俺は絶対に君を助ける。錬金術が生み出した苦しみは、錬金術で取り除いてみせる！」

男は信じられないと言いたげな目を、ウォルターに見せた。

自分を許すなんて、彼はどこまで優しいのか――そして慈悲深いのか、と。

「……ごめん、ごめんよぅ……うっ……」

強く手を握られた若い冒険者は、己の行いを悔いる声を漏らした。

そして、糸が切れたように目を閉じた。

「ちょ、ちょっと!?　死んだんじゃないの!?」

傍《はた》からは死んだようにしか見えず、思わずアイリスが声を上げるが、ウォルターとモニカは平然としている。

「気を失っただけだよ。アンチ・ポーションの中和効果が浸透しつつある証拠だ」

「ったく……心配させんじゃないわよ」

「このまま時間をかければ、かなり状態は改善すると思う」

「ひとまずは安心ですねっ！」

モニカに頷いてみせたウォルターは、空になった鍋をもう一度開く。

「素材次第でどう転ぶかわからない以上、油断はできないけどね。とりあえず、残された証拠を解析しつつ、作った犯人を追いかけるとしようか」

「追いかけるって……あんた、犯人がどこにいるかわかるの？」

「俺はわからないな。でも、作られたアイテムなら知ってるかもしれないよ」

小瓶の中身を揺らしてみせると、アイリスは眉をひそめた。

「アイテム？　ポーションの飲み残しが喋るってわけ？」

「喋りはしないけど……それ以外ならできるさ」

モニカが置いたバッグの中から、ウォルターが鋭いナイフを取り出す。

「この瓶と彼の血を借りるとしようか。バベッジさんにアイリス、モニカも、ちょっと規模の大きい錬金術を使うから、少しだけ部屋の隅に行ってもらえるかな？」

言われるがまま移動した二人と一緒に、モニカも壁に張り付いた。

うん、と頷いたウォルターは、ナイフでリーダーの腕の端を軽く切って、流れたわずかばかりの血を『マッド・スパーク』の小瓶に入れて振った。

それから瓶を鍋に入れると、今度はさっきとは別の素材を入れ始めた。今度は薬草や鉱物ではなく、魔物の肉や血の塊など、物騒な素材ばかりだ。

「随分と仰々しい準備ね」

「俺もあまり錬成したことがなくてね。でも……やってみせる！」

ぐっとウォルターが力を込めると、またも手から迸るマナが鍋に溢れた。

しかもさっきとは違って、彼の顔が反射で見えなくなるほど眩い光だ。ここまで強いマナで錬成するアイテムとは、いったいなんなのだろうか。

三人が凝視していると、収縮していく光の中心から、何かが姿を見せた。

「……こ、これって……!?」

鍋の縁をよじ登ってきたのは、小瓶に手足が生えたような生物だ。

黒い瓶の中央に丸い瞳がきょろきょろと動いていて、手足はロープのような形をしている。

鍋の縁から落ちてもピンピンしているそれは、随分タフな様子でウォルターの周りをとてとてと駆けまわっている。

あまりに異様な姿に三人がぽかんとしている一方、ウォルターは満足げな顔をしていた。

「成功したみたいだね。彼は錬金術師のしもべ、『ホムンクルス』だ」

ホムンクルス。

その名を聞いた途端、モニカが震えあがった。

「ほ、ホムンクルス!? 師匠、まさか錬金術師の禁忌《きんき》に手を出したのですかっ!? 古い文献では、存在しない生物『悪魔』の魂を要求するとありましたよ!?」

「あ、悪魔の魂……ウォルター、君はとんでもない力を……!」

とんでもない話を聞いて、モニカだけでなく、バベッジも驚愕した。

モニカが知っているホムンクルスとは、人間が生み出す仮初《かりそめ》の生命だ。

人知を超越した伝説の魔物、悪魔の魂という絶対に手に入らない素材を要求する恐ろしい錬金術というのが、モニカだけでなく、世の多くの錬金術師の認識だ。

こんな怪物を錬成しようと考える愚か者はまずいない。

仮にいても、素材が集められないので成功したためしがない。だから、錬金術師の間では、この技術はおとぎ話の一環だとすら認識されていた。

「ははは、俺がそんな素材を使ったように見えますか？」

ところが、ウォルターはホムンクルスを錬成した。

しかも想像していたよりずっとチャーミングで簡単な生物だ。マヌケな見た目で、とてもではないが、悪魔の魂を欲するとは思えない。

「広まってるのは、先祖のトリスメギストスが流布《るふ》した、誤った錬成法だよ」

それもそのはず、ホムンクルスを最初に見つけたのはウォルターのご先祖だ。

おかげで現在、この錬金術を知るのは彼だけだ。

「えええっ⁉　師匠のご先祖様が、ホムンクルスを発見したのですか⁉」

「あれ、言わなかったっけ？」

「言ってませんよぅ！　一度も聞いたことないです、もしも知ってたなら私だっていろんな実験にホムンクルスを使いたかったのに〜っ！」

「いいや、だから教えちゃダメなのさ」

ぷんすかと膨らんだモニカの頬を、ウォルターが笑いながらつついた。

「手順と人間に手に入る素材さえあれば、簡単に錬成できると知られたら、間違いなく戦争や犯罪に使われる……彼はあえて難しい素材と倫理を理由に、安易に錬成できないようにしたんだ」

トリスメギストスの言う通り、もしもホムンクルスほど理知的で人に忠実な生物が錬成できたなら、何に使われるかを想像するのは容易だ。

家事の手伝い、仕事の補助――戦争の道具。

子供ですら思いつく末路を想定するのは当然だっただろう。

「確かに僕も、ホムンクルスを錬成した錬金術師がいるのは知ってたけど……な、名前は伏せられていたね……ウォルターも凄いけど……き、君のご先祖様も、凄かったんだ……」

「凄すぎるのも考えものです。過ぎた力は、恐ろしい結果を招きますから」

だから彼は、錬成方法とレシピを封印したのだ。

ただ封じ込めるのではなく、絶対にクリアできない条件と共に。

「瓶で肉体を、血で人の形の情報を、飲み残しで記憶を形作る。この三つがあれば、短時間だけど簡単な動きができるホムンクルスの錬成ができる……『ゴーレム』を錬成した方が何かと便利なんだけど、自我を持たない巨人より、意志を持たせるならこっちがいいね」

「じゃあ師匠は、どうして本来の錬成方法をご存じなのですか⁉」

「おチビはバカね。子孫なんだから、手記の一つくらい受け継いでるに決まってるでしょ」

「なるほど！　師匠がいつも持ち歩いている手記、ご先祖様が遺した『トリスメギストスの写し』ですね！」

師匠のローブの内ポケットにいつも入っている古びた本の正体を知り、モニカは手をぽん、と大袈裟に叩いた。

「そういうこと。じゃあ、早速仕事をしてもらおうか」

ウォルターは忙《せわ》しなく走り回るホムンクルスを捕まえて、優しく問いかけた。

「君の記憶に聞きたい。君の主のところまで、案内してくれないか？」

そして自分の足元に置き、ホムンクルスが動き出すのを待った。

ほどなくして、それはくねくねと足を動かして部屋を飛び出した。

「ちょ、動き出したわよ！」

「パトリオットさんのところに行くんだ、追いかけよう！」

思っていたよりもずっと速く走るホムンクルスを逃さないように、四人は部屋を出て階段を駆け下り、宿の外に出た。

目玉のついた瓶は行き交う人の足の隙間を抜けて、道の真ん中を疾走する。

それを追うウォルター達の姿は、はたから見ればかなり間抜けだ。

「あんたを疑ってるわけじゃないけど、こんな瓶に手と足が生えたような生き物が、本当に悪党のところまであたし達を案内してくれるっての!?」

「作られた側は、主をよく覚えているものさ！」

本当だろうか、とアイリスやモニカ達は疑いを隠せなかったが、ウォルターだけはホムンクルスの記憶を信じて、率先して追いかける。

路地を何度も曲がり、馬車の間をくぐり、ギルドが少しだけ遠く見えるほど走った末に、ホムンクルスは豪邸の中庭へと入っていった。

そして庭の奥にある、陰気な雰囲気の建物の前で足踏みして止まった。

追いついた四人のうち、ここが何であるかを知っているのはバベッジだけだ。

「こ、ここは……パトリオットの家の、倉庫だね」

ホムンクルスが今すぐにでも入りたいと言うかの如くジタバタしているのを見たウォルターは、ここにパトリオットが潜んでいるのだと確信する。

ならば、時間をかけて彼が出てくるのを待ってやる必要はない。

「間違いない、彼はこの中にいる。皆、行くよ」

ウォルターは倉庫の重い扉に手をかけ——勢いよく開けた。

「——ひっ⁉」

果たして、素っ頓狂な声を上げた男は、倉庫の奥で飛び跳ねた。

暗い空間に差すひと筋の光に照らされたのは、やはりパトリオットだった。

ただ、ウォルターの知るパトリオットと、今の彼は随分と違っていた。

「な、何だ、お前らは……！」

何日も眠っていないかのように目がぎらついていて、小刻みの呼吸はとても荒い。

毎日のように仕立屋に整えさせていた衣服は見る影もなく、ギルドのサブリーダーというよりは、くたびれた放浪者と説明された方が信じられるだろう。

「……だ、誰かと思えば、追放されたウォルターとその弟子じゃないか」

さて、鞄にこれでもかと荷物を詰め込んでいるらしい彼は、心臓が縮みあがったかのような顔を見せたが、逆光を浴びるのがウォルターだと気づいた途端に胸を撫で下ろした。

「どうしてアルカニアにいるんだ、錬金術師の恥さらしどもめ！　警邏隊に通報して、今度は王都の牢獄に叩き込んでやろうか！」

どうやら、ウォルターだけならどうにかしてやれると高を括《くく》っているようだ。

ならば現実を見せてやるべきだと、彼の後ろから仲間達が入ってきた。

「ぼ、僕が彼を呼んだんだ。警邏隊に言っても、つ、通用しないよ」

「ギルドリーダー⁉　あなたまでどうして……あ、あああ、アイリスちゃんっ⁉」

バベッジの乱入にまたも驚愕したパトリオットだったが、さらにその奥にいたアイリスが視界に飛び込んできた瞬間、驚かされた猫の如くのけぞった。

「ど、どうして⁉　アイにゃんが、どうして、どうしてぇ⁉」

憧れのアイドルがここにいるとは、いくらパトリオットでも予想しなかっただろう。

もっとも、アイリスの方は彼に会いたいとはちっとも思っていない。

「気安く呼ばないでちょうだい。あんたの錬成したポーションの味を思い出して、喉が痛くなるじゃない」

ぶりっ子をしていないアイリスを初めて見るのか、彼は目を丸くする。

「アイリスちゃん、そのしゃべり方は？　普段のねこねこポーズは……？」

「ねこねこポーズとアイリスよりも、自分の足元を気にした方がいい」

そしてウォルターの言葉で、パトリオットは足元を見下ろした。

視線の先にいるのは、自分を生み出した主との再会に喜んでいるのか、あるいは自分なんかを生み出した男に怒りを抱いているのか、とにかく手足を振り回して暴れているホムンクルスだ。

「……な、何だこいつは⁉」

足に縋《すが》りつく小瓶の怪物に驚き、彼はその場でそれを踏み潰した。

ホムンクルスは高価な靴の裏ですっかり残骸に成り果てたが、役目は果たした。

「あなたが錬成したポーション、マッド・スパークの残骸から生み出した子です。自分の主を探すように命令したら、あなたを見つけに来た……つまり、そういうことですよ」

マッド・スパークの名を聞いて、パトリオットの顔から汗が噴き出た。やはり、あの悪魔のようなポーションを錬成したのは、彼と思っていいらしい。

つまり、冒険者パーティーに飲ませたのも、間違いなく彼だ。

「ぽ、ポーション？　何のことやら、さっぱりだな」

「パトリオットさん、知らないふりなんてやめてください」

「知らないふりじゃないさ、私は無実だよ！　私が錬成したポーションはどれも最高の効き目だ、あんなマッド・スパークなんてちっとも――」

「あれだけ人に迷惑かけておいて、とぼけてんじゃないわよ！」

なおもとぼけようとするパトリオットに、とうとうアイリスの堪忍袋の緒が切れた。

彼女はシルバリオン製の剣を抜き、ぎらりと光るそれを突きつけた。

「あ、アイにゃん⁉　君なら弁護してくれるだろう、私のポーションの効果を！」

「冗談じゃないわよ！　あたしにふざけてんのかってくらいまずいポーションを飲ませた奴が、まともなものを錬成できるわけがないじゃない！」

「え、えっ⁉　あの時は美味しいにゃんって言ってくれたのに⁉」

「嘘に決まってんでしょうが！　アイドルが公の場で、もらったポーションをまずいって言えるわけないわよ！　ちょっと考えりゃあわかるでしょ！」

「うっ……！」

口ごもるパトリオットから視線をずらし、彼女はぎゅうぎゅう詰めになった鞄を見つめた。

服や金銭が零れている様子からして、私物をこれでもかと詰め込んでいるようだ。

「それに、その荷物……あんた、まさか高飛びでもするつもりだったの？」

アイリスに指摘されて、パトリオットはぎくりと震えた。

彼が落とした鞄の意味がわからないほど、一行は間抜けではない。

この男がアルカニアから逃げ出そうとしていたのは、誰の目にも明らかだ。

「パトリオット・マロリいぃーっ！」

「ひ、ひいい!?」

あまりに薄汚い行いを目の当たりにして、今度はモニカが吼えた。

「師匠をさんざん罵倒しておいて、自分はポーションの副作用で街が混乱したら、責任も取らずにとんずらするつもりですか！」

「ぐ、ぐぐ……！」

「錬金術師の風上にも置けない、卑怯な男ですね！　観念しなさいっ！」

何人も苦しめたあげく、彼は責任を取ろうともせず、真実を隠ぺいし、ただひたすら保身を考えてほとぼりが冷めるまで逃げようと企《たくら》んでいたのである。

ウォルターとバベッジは怒鳴りこそしなかったが、軽蔑のまなざしをぶつける。

もはや味方がいない状況で、追い詰められたパトリオットのリアクションは一つだった。

「……だ、黙れえええっ！　邪魔だ、どけええっ！」

彼は鞄を振り回し、四人に向かって突撃してきた。

当然、そんな強硬突破を通させるほど彼らは甘くない。

「させませんっ！」

「ぎゃあああっ⁉」

モニカが投げつけた爆弾は、パトリオットの眼前で勢いよく炸裂した。

素っ頓狂な悲鳴と共に、彼は後ろに吹っ飛んで転げまわった。抑えた顔の隙間からは、頬や鼻の頭に火傷が見えた。

「熱《あっ》づ、な、何だこれは⁉　火傷が……っ！」

痛みで悶えるパトリオットの耳に、追い打ちとばかりにアイリスが剣を添えた。

「動くんじゃないわよ。耳を切り落とされたくなきゃね」

「ううっ⁉」

こうなればもう、パトリオットは抵抗などできない。

追い詰められた鼠《ねずみ》が噛みついてこないとは限らないが、この男はともすれば鼠よりも頼りなく、勇気のない男だ。

仮に腹の底でどれだけ殺意が煮えたぎっていても、耳を失ってまで動こうとする人間ではない。

だから彼は、ひいひいと火傷をさするだけだ。

「パトリオットさん、俺はあなたに暴力を振るいに来たわけじゃない」

ウォルターは静かに諭しながら、パトリオットに近づいた。

「あなたが錬成したポーションの素材を教えてくれれば、あとはギルドに判断を委ねるから……お願いします、教えてください」

「……ククク、聞いたところでどうなるわけでもあるまい……！」

「その判断をするのは俺達です」

「……はははははーっ！」

追い詰められた状況だというのに、パトリオットは笑った。

挽回の機会があるのではない。

――彼は、もうすべてを諦めていた。

「『クラックペッパー』と『チョコハーブ』だ！」

「……何だって？」

「お前も錬金術師なら聞いたことがあるだろう！　疲労を取ってエネルギーを補給するのに、これ以上の素材はないというのはわかるよな、わはははははっ！」

だからこの男は、とんでもない悪事を暴露した。

「嘘でしょう、まさか！」

「……あなたって人は……！」

パトリオットが目をひん剥いて大笑いした途端、モニカが震えた。

そしてウォルターの目の奥に、初めて明確な怒りの火が灯った。

今まで彼にとって、パトリオットはただの悪党止まりだった。だが、錬金術師としての知識を持っていながら、恐るべき素材を使うのはとても許されるべき行いではない。

この男に、もう錬金術師を名乗る資格はない。

少なくともウォルターは、自分と彼を同じ存在だとは思いたくなかった。

「ウォルター、何なの？　その二つの素材が、どうかしたの？」

苦い顔をする彼に、アイリスがおずおずと聞いた。

「……『クラックペッパー』は強靭な肉体と尽きない体力と引き換えに、強い依存症と肉体への後遺症を残す種子だ」

「……ヤバいんじゃないの、それ」

「『チョコハーブ』は甘い匂いとは裏腹に、ひと噛みで全身に電流が奔《はし》ったような、だけど病みつきになる激痛を引き起こす。こっちも依存性が凄まじいんだ、一度摂取したら永遠にこれの虜《とりこ》だ」

説明するのもはばかられる、とウォルターの顔は言っていた。

「ちょっと待ちなさいよ、そんなの錬金術の素材っていうより……」

「拷問の道具みたいなものだよ。どちらも戦争で、兵士を無理矢理戦わせるために使われたものだ」

「な、何よそれ⁉」

ウォルターの話を聞いて、アイリスはおののいた。

「そして今は……覚せい剤の素材として、王都の錬金術師協会で第一等級禁忌指定素材になってる。特にこの二種類は、他の素材との錬成で効力を遅効性にできるから、知らない間に飲んだ相手を中毒に陥らせられるんだよ」

彼が言うように、ポーションに適した素材があるように、適さない素材もある。

中には適合、不適合以前の問題で、毒薬以上の危険性がある恐ろしいアイテムが完成する可能性を孕《はら》む素材もある。

それがこのクラックペッパーとチョコハーブ――王都では所持だけで逮捕される『第一等級禁忌指定素材』である。

かつて戦争で、半ば拷問器具のように使われた種。

そして今は、禁忌とされるハーブ。

この二つを混ぜ合わせたポーションが、まともな効能を発揮するわけがない。

「ヤバさで有名な素材なら、あんたはどうして気づかなかったのよ？」

「俺も現物はほとんど見たことがないよ。そもそも、まともな人間ならこれをポーションの素材にしようなんて考えないからね」

錬金術師ならば知らないわけがないが、ウォルターがこれらを材料としていると認識しなかったのは、こんなおぞましい代物を使うはずがないと決め込んだからだ。

もしもこの二つを使ったなら、その人物はもう錬金術師ではない。

テロリストか何かと称した方が、大笑いするパトリオットにはお似合いだ。

「じゃあ、こいつは街を滅ぼそうとしてたのですか⁉」

「……わからない」

「わからない？　あたしにはわかるわよ、同じクズ同士だもの」

アイリスが小瓶の残骸を蹴飛ばした。

「こいつはね、きっとあんたに嫉妬してたのよ。錬金術師として一流のウォルターに負けたくないからって追い出したのに、成果が出なくて焦って……で、とんでもない素材に手を出したってわけ。自分なら、もっといいものを作れるって妄想にとり憑かれてね」

「俺よりいいものを？」

「そうよ。いいとこのボンボンなんて、プライドの塊だもの。どんな些細なことでも、平凡な生まれの男に負けるのが耐えられないのよ」

ウォルターは首を横に振った。

「アイリスはクズなんかじゃない。でも、この人の動機には納得したよ」

珍しく声を荒げたウォルターは、潰された小瓶を凝視している。

「もしもうまく副作用を抑え込めたなら、これはとてつもなく強力なポーションになる。それこそ、錬金術の歴史に名を残せるほどのアイテムになったはずだ」

「ああ、そうとも！　私は現に、名を残しただろう⁉」

四人が視線を向けると、パトリオットは正気を失ったように笑っていた。

目の焦点も合っていないし、涎《よだれ》も垂らしている。理知的に見える、冒険者ギルドのハンサムなサブリーダーはどこにもいない。

「歴史に名を残す、だって？」

「残る、残るとも！　恐怖と渇望で、マッド・スパークを錬成したパトリオット・マロリーの名を誰もが覚えるのさ！　忘れられない悪夢をもたらした存在としてね！」

いや、彼はもう完全に、正気を失っているのだ。

「そ、そんなくだらない理由で騒動を起こしたのかい、君は⁉」

「わはははは！　大当たりですよ、ギルドリーダー！　あなたのようなグズがリーダーであるのにも耐えられませんでしたがね、どうでもよくなった今は気分がいい！」

バベッジの問いかけに、より大きな笑い声でパトリオットは返す。

甲高く、いつものサブリーダーとは思えない不愉快極まりない声で。

「気づいたんですよ、私より劣る人間が作り出したギルドが崩壊するさまの方が、私がリーダーになるよりよっぽど面白いと！　あなたはもうおしまいだ、この街も、ギルドも！」

「……君が得た人々の信頼も、損なうとわかっているのかい！」

「言ったでしょう、もうどうでもいいってね！」

バベッジが珍しく声を荒げても、パトリオットは動じなかった。

今まで運よく認められ、人々に愛されてきた男は、自分が堕ちてゆく世界に耐えられなかった。

本質的な理由が自分の中にあるとしても、ひたすら目を背《そむ》け続けた。

自分は間違っていない、自分は天才なのだと言い張り、殻に閉じこもった。

だが、背けている間にも自身の評価は下がり続ける。ギルドのサブリーダーの信用は失われ、誰もがパトリオット・マロリーを愚か者だと評する。

「何よりこれで……これで、ウォルター、お前よりも有名になったんだよ！」

ならばどうするか。

パトリオットの歪んだ思考は、己の矯正よりも街の崩壊を選んだ。

才あるものを認めない世界を叩き壊す、最低最悪の道を選んだのだ。

「街の錬金術師達はポーションのせいで身動きが取れないし、誰もこの現象を止められない！お前は私を見つけたところで何もできず、じきに絶望するだろうさ、あははははは！」

そしてもう一つの謎が、パトリオットの自白で解けた。

街の錬金術師も、冒険者パーティーのように脅されてポーションを飲まされたに違いない。

最初は元気だっただろうが、今は姿が見えないあたり、どうなったかはお察しだ。

当然彼は、善意でやったわけではない。己の悪事が、ここにいる間に調査されないように、リスクを取ってでも有識者を先に始末しておいたのだ。

ここまでやったなら、もう彼をテロリストと呼んでも差し支えないだろう。

「開き直ってんじゃゃないわよ、この野郎！」

心底面白おかしい事態になったと爆笑するパトリオットのさまに耐えられず、とうとうアイリスは剣の鞘で彼の顔を殴りつけた。

「ぶげっ、はは、ぎゃははは！」

「どうでもいいなんて本当に思ってるなら、何もせずにアルカニアを出ていきなさいよ！　全部建前で、現実を受け入れられないから駄々をこねてるだけでしょうがっ！」

「ひゃはは、がは、ぐぎ、ははは！」

「いつまでもへらへら笑って、何もかも投げ出して逃げてる臆病者が調子に乗んなっ！」

「あはははは、ははははーっ！」

それでもまだ、この邪悪な男は嘲りの笑いを止めない。

ウォルターもモニカも、上司のバベッジもアイリスの手を抑えなかったのは、彼女がやらないなら自分がやっていただろう、と心底思っていたからだ。

「街でじきに響き渡るのはお前の名前じゃないぞ、ウォルター！　人々が喚き散らすのはこのパトリオット・マロリーの名前だ！」

何度も、何度も鞘で殴られ、顔が腫れ上がっても、パトリオットは笑っていた。

自分が初めてウォルターに勝ったのだと言わんばかりに、狂喜の表情を浮かべていた。

「私の真の価値を知らない愚民が、私の錬成したポーションを飲んで、私の名を呼ぶ！　助けてくれ、どうしてこうなったんだって泣き喚く！」

「こいつ……！」

「素晴らしいじゃないか、我が偉大な才能が証明されたんだよ、あはははははーっ！」

唾をまき散らして大笑いする彼を見下し、ついにアイリスは殴る手を止めた。

善性が働いたわけではない。この男に、殴る価値すら見出せなくなっただけだ。

「……品性下劣とは、まさにこのことですね」

「こいつ、イカれてるわよ。どうすんの、ウォルター？」

傷だらけの顔で寝転んで爆笑するパトリオットを前に、ウォルターが立つ。

パトリオットは自分の立場を奪った錬金術師に対して、あらん限りの罵詈雑言をぶつけてやろうと思った。

あるいは街の人々が助からない現実を突きつけて、失意の底に落としてやろうと思った。

（――無意味だ。この人と同じところに落ちるのも、この人を苦しめるのも）

ところが、パトリオットがウォルターと目を合わせた時、悪意が霧散した。

この男の中に燃え上がっていた怒りの炎は、別のものへと変わっているようだった。

「――誰があなたの名前を呼ぼうとも、あなたの名前は残らない」

「……っ！」

光り輝く正義の炎をウォルターの右目に見て、パトリオットは黙り込む。

あれだけ調子に乗っていた笑顔が、たちまち醜悪な悔しさで染まった。

「あなたがあのポーションで街を滅ぼしても、国をどうにかしても、あなたの名前は忘れられる。本当に覚えて、尊敬してもらえるのは、人々の笑顔を守るために力を尽くした人です。そこに才能も、人望も、役職も関係ない」

パトリオットが想像する未来と違い、ウォルターが信じた未来には邪悪なサブリーダーの居場所などなかった。

すべての人を笑顔にするのが彼の夢ではあったが、人々から笑顔を奪うような輩をどうするかは別だ。彼に居場所を与えてはいけない、と考えるくらいの分別はついている。

名前すら残してはいけない。記憶に残してもいけない。

ウォルターにそこまで覚悟させるほどの行いを、パトリオットはやってのけたのだ。

「俺のご先祖様は、錬金術師の名誉も、富も何もかも捨てて後世のためにすべてを注いだんです。最後に愛されるのは、記憶に残していいのは、そんな人なんです！」

とうとう、ウォルターが叫んだ。

今まで誰にぶつけたこともないほどの怒りが、彼の口から迸った。

「パトリオット・マロリー、あなたの思い通りにはさせない！」

「ぬぬ……」

「俺が必ず、皆の笑顔を取り戻してみせます！」

「ぐ、ぐぅ……」

「俺のご先祖様——トリスメギストスがそうあり続けたように！　アルカニアの街を、あなたなんかの闇で染めさせたりはしないっ！」

そして彼は、パトリオットの恐ろしい計画を止める決意もしていた。

トリスメギストスの一族として、必ず街を救うのだと。

カドゥケウスの瞳も発現していないのに、ウォルターの目は勇気の炎で明るく輝いていた。

彼の言葉と瞳の輝きで、モニカ達は勇気を分かち合えたのか、邪悪への憤怒の代わりに仲間との信頼で表情を変えた。

「き、綺麗事ばかりぬかして……このビチグソ野郎がぁ……！」

ただ、その明るさはパトリオットからすればひどく鬱陶しかった。

上っ面の狂気を剥がされるようで、不愉快極まりなかった。

「綺麗事だっていい。あなたが邪《よこしま》な現実を生み出すなら、俺が綺麗事に錬成します」

「やってみろ、やってみろよ！　失敗して絶望するのがオチだからなあぁっ！」

口に出すのもはばかられる下劣なセリフを聞いても、ウォルターは動じなかった。

きっと、今からどれだけ罵倒したところでウォルターの行動は変えられないし、神経の逆撫でもできない。彼のみならず、アイリスやモニカ、バベッジの心も動かせない。

要するに、パトリオットはウォルターの正しい心に負けたのだ。

「……もういいよ、ウォルター。彼と話すのは時間の無駄だ」

バベッジがウォルターの肩に手を置くと、彼は小さく頷いた。

「……バベッジさん、警邏隊に連絡を入れてこの人を拘束してもらいましょう。俺はこれから、被害を受けた人を調べて――」

血が出るほど唇を噛むパトリオットに背を向けて、ウォルターがそう言った時だった。

「……おい、そいつらは……?」

パトリオットのかすれた声で、四人は異変に気づいた。

倉庫の入り口に、誰かが立っている。

闇の中で目を凝らして見つめると、四人の男女のシルエットが浮かび上がってきた。彼ら、彼女らはマッド・スパークの副作用で苦しんでいた冒険者パーティーの面々だ。

「皆さん！　ダメだよ、まだアンチ・ポーションの効力は完全に……」

慌てて駆け寄ろうとしたウォルターだったが、表情がわかるほど近くまで行った瞬間にぴたりと足を止めた。これ以上近寄るのは危険だと、脳が警鐘を鳴らした。

「ウ、ウゥ……」

何故なら、彼らは皆一様に目の焦点が合っていなかったのだ。

パトリオットのようにおかしくなったふりをした様相ではない。歯をカチカチと獣の如くならし、興奮で鼻血を垂らしている姿は、明らかに異常である。

呼吸も小刻みで、まるで獲物を見つけた魔物のようだ。

「師匠、下がってください！　なんだかあの人達、様子がおかしいですよ！」

モニカの声を聞いたウォルターは、彼女達と共に壁のそばに寄った。

冒険者パーティーは、誰もウォルター達を見てはいなかった。

「……ポーション……ヨコセ……！」

「ポーション……ポーション……！」

彼らが凝視しながら、のそり、のそりと近寄る相手はパトリオットだ。

焦点の合わない目は黒目をぎょろりと剥いていて、ポーションを錬成した相手を見ていないのに、明らかに彼を標的にしているのがわかるのだ。

パトリオットもそれを察して、ずるずると後ずさるが、すぐ壁にぶつかってしまって動けなくなる。逃げようにも、狭い倉庫には逃げ道などありはしない。

「よ、よせ、来るな！　ポーションはない、もうないんだ、やめろ……！」

そんな彼の必死な命乞いなど、誰が聞くというのか。

冒険者達は鼻血がパトリオットの顔にかかるほど顔を寄せ、大きく口を開け――。

「――ぎゃあああああああッ！」

一斉に、襲いかかった。

絶句するウォルター達の前で繰り広げられるのは、有無を言わせない暴力だ。

「やべで、やべでえええええ！　痛だい、いだいいいいいいいっ！」

口々にポーションを寄越せと喚きながら、四人はパトリオットに覆いかぶさって殴り、蹴り、噛みつく。

「ご、ごめんなざい、ごべんなざい！　がね、がねをやるがら、まぢがらでていぐがらあああああっ！　ゆるじでええええええっ！」

彼の絶叫が懇願に変わり、何も聞こえなくなっても、誰も手を止めない。

「ぱぱあああああっ！　ままあああああ、あ、あああああっ！」

とうとういもしない両親に助けを求めるが、まったくの無意味。

冒険者達の挙動はまるで、獲物を囲んで噛み尽くす軍隊アリのようだ。

「……この凶暴性、ポーションへの依存性……まさか、彼らは……！」

哀れな餌の痙攣する手がだらりと垂れたのを見て、やっとウォルターが声を出せた。

「ぼさっと突っ立ってんじゃなくて、さっさと逃げるわよ！」

「アイリス⁉」

しかし、四人の中で一番冷静だったのはアイリスだった。

彼女だけはパトリオットや凶暴化した冒険者ではなく、倉庫の入り口を凝視しているのだ。

「どう考えたって、ここに残るのはヤバいでしょ！　ギルドリーダーはぐずぐずしてないで早く外に出て、あんたもほら、こっちに来なさい！」

アイリスはウォルター達の手を掴むと、一目散に倉庫の外に逃げた。

倉庫の中からは暴力の音が聞こえてきていたが、もう誰も振り向く勇気などない。

まさかアルカニアの街で、こんな暴力に満ちた事件が起きるなど思ってもいなかった。

「冒険者の皆さんはどうしてしまったのでしょうか、師匠!?」

「わからないけど、あの目の血走り方と血管の浮き出た顔は、錬金術の副作用で見かける兆候だ！　効き目が強すぎると、稀《まれ》にああなる！」

目的地などあてもないが、ウォルターはとにかく大通りに出た。

「もしかすると、マロリーの錬成が最悪の形で成功してしまったのかもしれない！」

「成功って、マッド・スパークは副作用のひどい失敗作なんじゃないの!?」

「確かに、元々の目的で見れば失敗だ！　けど、体力を過剰に増大させたなら、きっともう一つの作用も同じくらい大きくなってるに違いない！　つまり……」

そして、自分達は逃げたのではなく、渦中に飛び込んだのだと理解した。

「……依存性が爆発して、ポーションを欲する……あんな風に」

ウォルターの目の前に広がる光景は、地獄絵図以外の何者でもなかった。

さっきの冒険者のようになった他の冒険者――マッド・スパークを飲んだであろう数十人、

いや、もっと多くの人々が、凄まじい形相でポーションを求め、街の住民を襲っているのだ。

「ポーション、ヨコセ、ヨコセェ！」

「ヨコセ、ヨコセッ！」

目が血走り、肌には毒々しく血管が浮き出ている。

獣の如く唸り、四つん這いで駆ける。

こんな怪物が跳梁跋扈《ちょうりょうばっこ》している中、住民誰もが逃げまどっているのだ。

「持ってねえよ、あんなもん……うわぁっ⁉」

「ひぃぃ〜っ！　誰か、誰か助けてくれぇ！」

ただ、誰もが逃げようとしているだけで、成功しているわけではない。

「ポーション、ポーション！　ナイ、ナイ、ドコダ⁉」

「ガアアウ！　グオオオオッ！」

「うわあああああっ⁉」

多くの住民が複数の冒険者に捕らえられ、囲まれて散々痛めつけられ、ポーションを持っていないと知れてやっと解放される。

「コイツ、モッテナイ！　モッテナイ！」

「ひ、ひい、いいい……」

解放されたとはいえ、痛めつけられた住民はぐったりとして動かなくなっている。

しかも相手は、元は魔物相手に大立ち回りをしてのける冒険者だ。

いずれも魔物や凶悪な犯罪者と戦うために相応以上に鍛えられているし、街でのんびり暮らす者が勝てる道理などないだろう。

「火事だ、逃げろ、逃げろーっ！」

火を使う露店が倒れ、火事が起こる。

「ぎゃああああ！　痛い、痛いよおおおお！」

「待ってくれ、おいてかないでくれ……ひいいいいいいっ！」

血しぶきが舞い、人間が人間に噛みつく。

これが地獄でなければ、何だというのか。

「……チビ、あたしの頬をつねってちょうだい。きっとこれは、悪い夢よ」

「つねる必要なんてありませんよ、私も同じ光景を見てますから！」

息を呑む二人の隣で、バベッジが震える口で呟いた。

「……アルカニアが、終わるのかい？」

「このままだと、恐らくは……」

この世の終わりの大暴動を目の当たりにしたように、四人は開いた口が塞がらなかった。

「四足歩行で跳び回ったり、モノを投げつけたり、群れになって暴力を振るったり……あれじゃあ人間というより、魔物みたいです！」

今の冒険者の様相は、モニカのたとえが一番近い。

男も女も、老兵も新参者も関係なく、等しく理性を失った化け物になっている。

「ポーションを少しだけ飲んだ人に、ようやく効いてきたんだ。マッド・スパークが持つ本当の効能……爆発的な体力の増強と、理性を消し去るほどの依存性が……！」

息を呑むウォルターは、パトリオットの恐ろしい悪行の開花を知った。

彼はあの四人だとか、たまたま会った人だとかにではなく、ほとんどの冒険者にあのポーションを飲ませたのだ。結果、冒険者はことごとく暴徒と化した。

信じられない数の屈強な男女が大暴れするさまは、もはや暴動と大差ない。

アルカニアで冒険者稼業が盛んで、街の住民の何割かがその職に就いているというのも、事態の悪化に拍車をかけている。

「ヤバいわよ、これ！　四方八方、どこを見ても理性のない冒険者ばかりじゃない！」

「というか、錬金術師もいますよ！　どうなってるんですか⁉」

「パトリオットに無理矢理マッド・スパークを飲まされたからだ！」

言われてみれば確かに、冒険者に混じってローブを纏った錬金術師もいる。

こっちは冒険者ほどの脅威ではないようで、暴走錬金術師に追いかけられている住民はどうにか逃げ切ってはいるようだ。

とはいえ、最終的な逃げ道などありはしない。

ほとんどの場合、待ち伏せした冒険者の標的となり、捕まって叩きのめされている。

「冒険者に追いかけられたら、あんな風に……！」

「つくづく最悪な男よ、あいつ！」

アイリスが悪態をつくと、その声を聞きとったかのように、元はベテラン冒険者だった男がこちらを睨んだ。

「ポーションクレ！　オレニクレ、ゼンブクレエエェッ！」

「やばっ、こっちを見てるわ！」

「バベッジさん、危ない！」

バベッジとアイリスに冒険者が突進してくる様子を見て、ウォルターは二人を庇うのではなく、すぐ近くの家屋の壁を思い切り手のひらで叩いた。

すると、ぼろぼろと崩れ落ちた煉瓦がひと固まりとなり、人間の形をとり、ウォルターよりもずっと背丈の高い怪物に生まれ変わる。

「ゴーレム、皆を守るんだ！」

創造主の命令に従い、土くれの怪物は襲ってきた冒険者を殴り飛ばした。

「ギャアースッ！」

顔が変形した冒険者は遠くの露店に突っ込み、少し痙攣すると動かなくなった。

何度目になるかわからない驚愕の表情を見せるアイリスの隣に、怪物がのそりと立つ。

「今度は何よ⁉　あれもホムンクルス⁉」

「いいえ、あれは師匠が錬金術で生み出した『ゴーレム』、主を守る兵士です！　師匠は家の外壁でゴーレムを錬成して、私達を守ってくれたんですよっ！」

なるほど、確かにこの怪物は先ほどのホムンクルスとは違う。あちらは自分勝手に走り回っていたが、このゴーレムとやらは、ウォルターが命令しなければ微動だにしない。

冒険者を一撃で倒せるパワーは頼りになるが、ウォルターありきなのは困りものだ。

「でも錬成できる数は決まってる、ひとまずは皆を守ってくれ……！」

しかもどうやら、ここで呼び出せるゴーレムの数は、説明しながらウォルターが追加で錬成した三体が限度らしい。この数では、とても街の人は守り切れないだろう。

「うわあーっ！」

「逃げろ、逃げろおおっ！」

そもそも、今ここで仲間を守ったところで、逃げ道がなければどうしようもない。

たかだか家屋に隠れたところで引きずり出されるだろうし、アルカニアの外に逃げるにはずっと遠くの門まで向かわなければならない。

恐らく、その過程でウォルター達は全滅するだろう。

どうすればいいか、とウォルターが頭を悩ませたその時だった。

「――皆、冒険者ギルドに避難してくれ！」

ギルドリーダーのバベッジが、あたりに届くほどの大声で言った。

あまりに唐突だったからか、モニカ達だけでなく、ウォルターすらも目を丸くした。

「バベッジさん⁉」

そんな周囲の態度など構わず、バベッジが喉を震わせて叫ぶ。

「ギルドには食糧や医療用アイテム、ポーションと素材が保管されてる！　壁や扉も普通の家より頑丈だ、冒険者達が武器を使ってこないのなら、バリケードさえ作ってしまえば立てこもれるかもしれない！」

果たして、バベッジが提案したのは、アルカニアで最も堅固な施設への立てこもりだ。

確かに冒険者ギルドの建物は、周りのどんな建物より二回り以上大きい。それなりの数の人間が入っても十分に余裕があるし、災害対策で備蓄も大量にある。怪我をした時のための医療品も置いている。

ここからアルカニアの外まで逃げきれないのならば、最も近く、最も安全なのは冒険者ギルドだ。逃げ道に迷っていた人々にとっては、願ってもない提案だろう。

「アルカニア冒険者ギルド最高責任者のバベッジ・ヘンウッドが許可する、街のどの住人もギルドを使ってくれて構わない！　街の外に出られない人は、とにかくギルドに行くんだ！」

ここまで言っても住民がぼんやりとしていたのは、バベッジの態度が変わったからだ。

いつものこそこそおどおどした男から飛び出た声とは、とても思えないのである。

「え、あれ、ギルドリーダー……？」

「なんか、いつもと雰囲気が違う……？」

顔を合わせて不思議がる面々を見て、バベッジはもう一度声を張り上げた。

「早くしてくれ！　手遅れになる前に、できるだけ多くの人を連れて！」

今度はもう、誰も疑いを抱かなかった。

「は……はい！」

「行こう、ギルドなら安全だ！」

さっきまでどこに行けばいいのか、何をすればいいのかわからない、右往左往するばかりだった住民達は一目散に冒険者ギルドへと走り出した。

道中で襲われて叩きのめされる者もいたが、さっきよりはずっと減った。互いに逃げ道が合致しているなら、助け合える可能性も増えたからだ。

とにもかくにも、バベッジは間違いなく人々の道しるべとなった。

「あんた……」

アイリスの声を聞いて振り返った彼は、がくがくと足を震わせていた。

きっと、これほど叫んだことも、人に指示を出したこともなかったのだろう。

「……ぼ、僕にできることといえば、これくらいだ。他に力になれそうにはないよ」

小刻みに揺れる唇で力なく笑うバベッジに、ウォルターは笑顔で返した。

「何を言ってるんですか、あなたはもう立派なギルドリーダーです」

今ここで、彼以上に頼れる男はいない。

ならば、自分達もただ彼の男気に甘えてばかりではいられない。

「モニカ、アイリス！　俺達も冒険者ギルドに行こう！」

ゴーレムに命令を下し、冒険者を薙《な》ぎ倒しながら、ウォルターが叫んだ。

「できるだけ多くの人を助けてもいいですね、師匠！」

「もちろんだ！　俺も助けられる人はなるべく助けていく！」

「ったく、お人好しったらありゃしない！　言っとくけど、あたしはまだ襲われてない人の誘導しかしないわよ！」

「それで十分だよ！　ありがとう、アイリス！」

四人は同時に頷き、一斉に冒険者ギルドへと向かった。

アルカニアはもはや、パニックの渦中へと変貌しつつあった。

# 第八章

「これで最後か⁉」

「どっちにしても、もう限界だ！　扉を閉めて、机と椅子で完全に塞ぐんだ！」

ウォルター達がどうにか冒険者ギルドに入ってからも、扉は完全には閉められなかった。

まだこちらに駆けてくる人が見えたのと、どれだけ逃げ込んでくる人がいるかわからない以上、閉めるわけにもいかず冒険者や錬金術師の恐ろしい突撃を弾きながらも、迎え入れようと必死だった。

しかし、ゴーレムならまだしも、何の訓練もしていない一般人では迎撃に限界がある。

ギルドの中の人の安全を優先した結果、外に人を残しながらもついに扉は閉められた。

「ポーション！　ポーション！」

「ヨコシヤガレ、ポーション、ノマセロオオオ！」

外から恐るべき絶叫が聞こえてくる中、人々は並べられたテーブルや、ギルドへの依頼書がぎっしりと詰められた本棚を複数人で担ぎ、扉を塞ぐ。

ウォルターはあえてゴーレムを外に残して、バリケード代わりにしたが、たちまち外で崩れ去る音が聞こえた。いくら煉瓦で作られた強靭な肉体とはいえ、数十人を超える暴漢と化した冒険者の前ではなすすべもなかったようだ。

それでも時間稼ぎには有効だったようで、防御壁はどうにか完成した。

しばらくは狂ったように扉を叩く音が止まなかったが、少しずつ小さくなっていった。

ただ、音そのものは止まないあたり、連中は諦めてはいないのだろう。

「はあ、はあ……」

モニカやアイリスが近くの椅子にへたり込んでも、バベッジは気を緩めなかった。

「ぼさっとしている暇はない、怪我人を奥に！　治療薬は好きなだけ使っていい！」

「ギルドリーダー、診療所からこちらに来ました！　あなたのお父様もひとまず地下に避難しているようです！」

「……うん、ありがとう！」

病床に臥せる父親を、バベッジも内心では気にかけていたようだ。

ひと安心した様子で笑ったバベッジだが、すぐに口を真一文字に結んで、残った人々にバリケードを強化するように指示を出す。

住民達もまた、一刻の猶予もないかのようにばたばたと防壁を強化し続ける。わずかでも気を抜けば、冒険者達が入ってくるのではないかと思うと、とても気は抜けなかった。

「ウォルター、ポーションを錬成できるかい？」

「できますが……ギルドには残ってないんですか？」

「錬金術師達がマッド・スパークを飲んで工房に引きこもってから、店にポーションが並ばなくなったんだ。大通りの店にならあるだろうけど、今は……」

薬とポーションを併用して、なるべく多くの人を助けてほしい。

バベッジの言いたいことがわからないほど、ウォルターは鈍くはなかった。

「わかりました、今ある素材で、できる限りの量を錬成します！」

「助かるよ、ウォルター！」

ウォルターは椅子をどかしてスペースを作り、折り畳み式の鍋に素材を投げ込んでポーションを錬成し始めた。

そんな中で、くたびれた顔を上げたアイリスは、ふと気づいた。

「助かったのって、ここにいる人達だけ？」

人の数が、思っていたよりもずっと少ない。

広いギルドの中に、奔走する住民が二十人ほどしかいないのだ。

「冒険者はとんでもない数がいるのに、こっちにはこれだけ……少なすぎるわよ……」

「まさか、他の人は皆、死んでしまったのですか⁉」

顔を青くするモニカの肩を、ウォルターが叩いた。

「その心配はなさそうだ。さっき逃げる途中で見かけたけど、ポーションがないとわかれば攻撃を止めるらしい。この状況で命まで取られないだけ、助かるよ」

ウォルターの見える範囲での話だが、死人は一人も出ていないはずだ。

ここに担ぎ込まれた負傷者の中で一番ひどい怪我を負っていても、腕や足を折られているぐらいで、命に別状はない。どうやら冒険者達はどれだけ凶暴になっても、本来の目的のポーションが見つからなければあっさりと獲物を変えるらしい。

「ここにいるだけが、助かった人じゃない。聞いたところじゃ街の外にまで逃げきれた人もいたとか……無事を祈るしかないけどね」

ババッジの言う通り、あえて冒険者ギルドまで走ってこずに家屋の中や地下に隠れた者、運よくアルカニアの外に脱出できた者もいるだろう。

ただ、だからといってモニカの不安が消えたわけではない。

「でも、諦める様子がありません！　私達もいつまで、ここにいられるか……！」

ババッジもまた、とりあえず避難できたからといってまったく楽観はしていない。

「食料を含めた備蓄は一週間近く保つ計算で保管してある。人数が少ないからもう少し耐えられる日にちが延びるとしても……冒険者がバリケードを破ってここに入ってくる方が早いと思うんだ」

「確かにあの凶暴さなら、いつギルドをぶち壊しても驚かないわね」

「ウォルター、君の意見を聞きたい」

腕を組んで神妙な面持ちを見せる彼の問いに、ポーションを怪我人に渡しながら、ウォルターは少し考えてから答えた。

「ババッジさんの予想は当たっていると思います。しかも依存性は、その薬品や素材が摂取できないほどより深まり、凶暴になります。もし、バリケードが破られた時には……」

どんどん、と雷雨の如く扉を叩く音の方に視線を向けて、ウォルターは言った。

「今、被害を受けている人よりもひどい目にあう」

「ひどい目って、師匠、それは……？」

「ボコボコにされるよりひどいってんだから……死ぬとか、まさか、ね？」

「あり得るね。ずっとここにいるのは、ある意味外に出るよりも危険です」

彼が出した結論は、時間経過に伴う冒険者の凶暴化とリスクの増大だ。

確かに言われてみれば、冒険者達の扉を叩く音はわずかばかり収まっていたが、今また強くなっている。おもちゃを取り上げられて癇癪《かんしゃく》を起こした子供のようだが、泣き疲れる子供とは違い、こちらは怒りのみを増幅し続ける。

きっと、やがて扉が破られた際には、彼らはポーションを渡さない怒りをぶつけるだろう。

その時は間違いなく、ギルドだけでなくアルカニアが崩壊する時だ。

「……僕の判断は、間違っていたのか」

「いいえ、あの時取れる判断の中では一番正しかったはずです」

ウォルターはババッジを励ました。

だが、薄々感じ取っていた可能性が現実になりうると知り、ギルドに重い空気が流れる。

「ど、どうすんだよ、そんなの⁉」

「今より暴れるようになったら、倒れてる人もまた襲われるんじゃ……」

「もうだめだ、おしまいだ……！」

中には諦め、頭を抱える者まで出てくる。

どうにかこうにかギルドまで逃げてきた先で、ただ扉を破られるのを待つだけなのかと悟ったなら、悲惨で無残な結末を思い浮かべる者がいてもおかしくないだろう。

モニカやアイリスもまた、もはやここまでかと苦々しい顔をしていた。

「師匠……！」

「ウォルター、何か策があるんでしょ？　あるって言いなさいよ」

無理難題を吹っかけられたウォルターだが、すぐに不可能だとは言わなかった。

「……ない、とは言わないよ。でもリスクが高いし、法的にも……」

「もったいぶってないで、さっさと言いなさい。リスクくらいは承知の上よ」

どうにか強がるアイリスの声を聞いて、ウォルターは目を閉じた。

頭を巡るのは、この絶望的な状況を突破できるかもしれない数少ない手段。

効果があるか怪しい作戦は状況をかき乱すだけだと思ってあえて言わなかったが、住民や仲間を勇気づけるには、これそのものが必要不可欠だ。

――ギルドに今、一番必要なのは希望だ。

「……そうだね、今回は時間との勝負だ。考えるより、やってみろだ！」

ウォルターは目を開き、本棚から落ちた書物のページを破り、何かを書き始めた。

誰もが彼の行動を凝視する中、ウォルターはペンを置いて、本の切れ端をモニカに渡した。

「モニカ、バベッジさん、手の空いてる人全員で、施設中からこのリストにある素材を持ってきてください！　量はありったけ、あるだけ全部です！」

どれどれ、と一同が切れ端を覗き込んだ。

途端に、誰もが目玉が飛び出るほど驚いた。

「ちょ、ちょっと、師匠!?　『サンダーバードの心臓』に『太陽リンゴ』、『生命の枝』……これって全部、超高級素材じゃないですか！　王都の専門店に行かないと、こんなの手に入らないですよ！」

モニカの言う通り、ウォルターが持ってくるよう頼んだのは、アルカニアではまず流通することすらないような稀少素材だった。

サンダーバードの心臓は、ただでさえ討伐難度の高い魔物であるサンダーバードから生きたまま心臓を抜き出さなければ効果がなく、太陽リンゴと生命の枝は、ほとんど幻とさえ言われており、それひとつと豪邸がトレードされるほどの代物だ。

仮に王都の専門店に行ったところで、モニカのなけなしの貯金が百倍あっても足りない。アイリスがこれまでアイドル稼業のドサ回りで稼いだ額では、太陽リンゴの欠片も買えない。

それほどの素材を、ギルドでどうやって集めろというのか。

荒唐無稽な話だと周囲の人々は思っていたが、ウォルターにはあてがあった。

「ギルドの売店には置いてないよ。厳重に管理されているからね」

ババッジが目を見開いた。

「まさか、ウォルター！　ギルドの最重要保管庫の素材も……!?」

「当然です、ババッジさん！　もう手段を選んでいる余裕はありません！」

強く頷いたウォルターにとっての奥の手、それはギルドの保管庫だった。

「ギルド保管庫にある素材は全部覚えてるんだ、もちろん違法所持の冒険者から押収した素材もね！」

「違法所持って、あんた、盗品を使う気!?」

「盗品も、違法栽培品も、密輸品だって使わせてもらうさ！」

冒険者稼業には、時折違法な手段でアイテムをゲットしたり、自分達では手に余るアイテムを入手してしまったりといったトラブルが発生する。

そこで、ギルドには没収および回収の制度が存在している。アイテムを預かる、もしくは犯罪に加担している者が持っていた素材を保管して、一定期間が経つと王都のしかるべき施設に送るのだ。

押収されるのは、たいていは危険なアイテムや素材なのだが、中には持っているだけで強盗に襲われかねない稀少品もある。ウォルターは、それらのことを覚えていた。

皆に持ってくるように頼んだ素材が、まだ保管庫に残っていることも。

「ギルド側は王都に送るまでの一定期間保管するけど、錬金術に使ったり、販売したりするのを禁止してる！　つまり、まだほとんど残ってる可能性が高い！」

「確かに、まだ王都には移動させてない……わかった、保管庫を解放しよう！」

ならば、バベッジやギルドに残った者が協力しない理由はない。

「力に自信のある者はバリケードを押さえて！　他は全員、素材の移動を手伝うんだ！」

バベッジの力のこもった命令で、人々が一斉に動いた。

もう、誰も彼を先代ギルドリーダーの代用品だとか、頼りない男だとか小バカにしない。

今、ギルドに残された住民達を先導しているのは、紛れもなく彼なのだ。

「少しでも時間を稼がないといけない……だったら、人手を増やそう！」

ウォルターも彼に鼓舞され、まだバリケードの一部になっていないテーブルや他の家具に手のひらを叩きつけて新たなゴーレム二体を錬成した。

ガチャガチャと家具が合体して生まれた巨人は、どこか歪《いびつ》だが力には自信があるようで、片方は住民達に代わって扉を押さえ、残りはモニカと一緒にギルドの奥へと向かった。

これでひとまず、冒険者と錬金術師の群れに扉を叩き破られる心配はなくなった。

だが、ウォルターにはまだ懸念材料がある。

「彼らもバリケードの代わりになってくれるから、手が空いた人は素材をギルドの中心まで運んでくれ！　その間に、俺は鍋を……！」

ウォルターは折り畳み式の鍋を取り出し、カドゥケウスの瞳を発現させながらそれに触れて、もう一度錬成し直した。

もちろん、わざわざここで鍋を錬成する理由はある。高級な素材や注ぎ込むマナの量によっては鍋が耐えられず、内側から崩壊する恐れがあるのだ。だからこそ、彼は後で使いたいマナをここで消費してでも、鍋を再錬成しなければならなかった。

鍋の形が変わり始め、色が鈍色から白銀へと染め上げられる。

青い光が収束した頃には、彼の前には先ほどまでよりずっと綺麗な鍋があった。

「素材が集まりましたよ、師匠！」

鍋の出来に彼が満足して頷いていると、ギルドの奥からモニカとゴーレム、住民達が山ほどの素材を持って戻ってきた。

彼ら、彼女らがウォルターの前に置いたのは、金銀財宝よりも輝く素材だ。

生命力の源の如く鼓動するサンダーバードの心臓、金貨数百枚よりもずっと強く光る太陽リンゴ、折れて今なお芽吹き続ける生命の枝。それらに匹敵する稀少素材。

どれもこれも、専門店で買えば麻袋いっぱいの金貨が必要になるものばかり。

ウォルターが錬成しようとしているアイテムには、欠かせないものだ。

「よし……やろう！　ウォルター・トリスメギストス、一世一代のポーション錬成だ！」

彼がこれから錬成するのは、あるポーションだ。

素材すべてを鍋に投げ入れたウォルターはその前で深く息を吸い、吐く。

そしてカドゥケウスの瞳を開き、両手に炎の如きマナを宿し、鍋に押しつけた。

「凄い光だ……これが、錬金術の光なのか!?」

バベッジが驚くほどの光は、鍋の外へ溢れるどころか、ギルド中を照らしていた。

アルカニアに名高い錬金術師の手が震えるほど、彼の目がかっと開くほどに強力極まりないマナは、オーロラのようにギルドに溢れかえる。

信じられないが、モニカやアイリスもマナに触れられた。本来体を透過する物質が、あまりに凝縮された結果、手を握られたかのように温かさを感じ取れるのだ。

こんな現象は、まず普通の錬金術ではありえない。

まるで、ウォルターの人を思いやる気持ちが、マナになって溢れたかのようだ。

「私も見たことありません！　師匠、大丈夫なんでしょうか……！」

「フン、愛弟子が信じてやらないでどうするのよ」

必死に祈るモニカの隣で、アイリスは腕を組んで鼻を鳴らした。

ウォルターをバカにしているのではない。彼女なりの、信頼の証だ。

「あいつは絶対成功するわ、あたしがそう信じてるんだもの！」

まばたきもしてなるものかというかのように彼女が見据える先で、鍋から溢れ出す光を抑えようとしているウォルターの顔は、次第に苦しそうになってゆく。

脂汗が浮かび、奥歯を噛む力が強くなる。

普通の錬金術ならこうはならないが、彼が今やっているのは常軌を逸した錬金術だ。

（手のひらが熱い……心臓が焼けるように痛い！　油断すると、気を失ってしまいそうだ！）

なんせ彼は今、自分の中のマナをあるだけ注ぎ込んでいるのだ。

マナとは体内に流れるエネルギーで、体力に近い。運動をすれば体力が消費されるように、錬金術ではマナが消費される。素材の質が高いほど、難易度の高い錬金術を試みるほど、マナの消費量は多くなってゆく。

カドゥケウスの瞳で素材をより良質なものへと変え、なおかつ凄まじいマナで最高のポーションを作り上げようとする彼の負担は、想像を絶する。

今のウォルターは、体をオーブンで熱されているのに匹敵するダメージを受けている状態だったが、それでも錬金術を途中で止めようとはしなかった。

（いいや、たとえ全てを捧げても失敗だけはしない！　俺のことを信じてくれる人のために、もう一度冒険者の皆に笑顔になってもらうために！　俺の全部を捧げてもいい、この錬成だけは成功させるんだ……絶対に、絶対に……っ！）

自らの身が焼けようとも、心臓が消えてなくなろうとも、彼は手を下ろさない。

先祖が望んだことを、自分が錬金術で成し遂げたかったことを、果たす時だからだ。

「集中しろ、錬成にすべてをかけるんだ……！」

つう、と鼻から血が垂れた頃、光が完全に収束した。

外から冒険者がギルドを圧し潰そうとしているのも忘れて、人生で一度だって見たことのない錬金術が成功したか否か、誰もが固唾を飲んで見守っている。

「……ど、どう……なったの……？」

信じていると断言したアイリスですら不安になる最中、ウォルターの声が漏れた。

「――成功だ」

強い力と自信に満ちた声だった。

少し火傷を負った手のひらが離れた鍋の中には、少しばかりの液体が残っている。フラスコ一本分程度の量しかないのに、薬が放つ輝きは太陽のようだ。

これはなんだ。どんなポーションなんだ。

口々に囁き合う人々の中心で、ウォルターが問いに答えた。

「……ポーションの最上位『エリクサー』。あらゆる害を排する、最優の薬です」

一瞬だけ、住民達は彼が何を錬成したのかを理解できなかった。

しかし、じわじわとウォルターの言葉が脳に浸透していくにつれ、彼がいったいどれだけとてつもないアイテムを錬成したのかを理解し、目玉が飛び出るほど驚いた。

「え、エリクサー⁉」

「実在するのかよ、おとぎ話だと思ってた……！」

アイリスやバベッジだけでなく、ウォルターの実力を知るモニカですら開いた口が塞がらない。というのも、エリクサーとはこの世界に存在しないはずのポーションである。

なのに、彼らが名前を知っているのは、それを夢物語の産物として聞いていたからだ。

子供の頃にベッドの中で聞かされたお話で、少なくとも、現実の世界には存在しない物質。

それが今、ウォルターの鍋の中にある。

陽の光を掻き集めたかのような輝きを放つ液体が秘める力は、想像がつかない。

「数百年前には実在していたポーションです。時代を経るにつれて、本来の力を損なっていった素材では錬成できなくなったので、当時と同じ……最大限の力を持つ状態に再錬成した素材で錬成しました！　これなら、皆を助けられる！」

エリクサーにどれほどの効果があるのか、知るのはウォルターだけだ。

その彼がぐっと拳を握って力説するのだから、効果に間違いないだろう。

フラスコ一杯分にも満たない量でなければ、皆も彼を信じたはずだ。

「……こ、この量で？」

「一人分しかないじゃない。これじゃあ助けられても一人だけ……」

「いいや、問題ない。このエリクサーは一人分だけど、何人分にもなるからね。モニカ、俺と話してたことを覚えてるかい？　ポーションの効果を広める方法を？」

だが、ウォルターはこの量で十分だと言った。

「え？　ええと、確か……あっ、まさか！」

何かを思い出したように手を叩いたモニカと目が合って、ウォルターは笑った。

「そうとも、そのまさかだ！　このエリクサーを――もう一度、錬成するっ！」

言うが早いか、彼はもう一度手のひらをエリクサーの上にかざし、錬成を始めた。

今度はさっきよりも力を込めずに済んだのか、青い光がかすかに瞬く程度で錬成が終わった。

もう一度人々が鍋を覗くと、そこには金色の粉末が山を作っていた。

「効能を限界まで圧縮させた……エリクサーの粉末だ。わずかにでも粉を吸い込めば、エリクサーを丸々一本飲み干すのと同じだけの効力を得られる！　これなら、どれだけ冒険者がいても助けられるはずだよ！」

フラスコの中に移された粉の輝きは、ウォルターの言葉が正しいと証明している。

どんな金銀財宝よりも眩い光が、効能を示しているのだ。

「凄い……」

「これが、ウォルター・トリスメギストスの力……！」

感嘆の声を漏らす民衆の中から、アイリスが一歩前に出て言った。

「一応聞いとくけど、まだバリバリ暴れてる冒険者に粉を吸わせる手段は考えてるんでしょうね？　あいつらの口をあけて、無理矢理飲ませる役割はごめんよ」

「モニカがいれば、その心配はないよ。彼女の錬金術で、なんとかなる！」

「わ、私ですか⁉」

まさか自分の名前が出てくるとは思っていなかったのか、モニカが目を丸くした。

「ああ、君の手を借りれば――」

ウォルターは彼女の得意技を使い、冒険者を治す計画を立てていた。

それをこれからみんなに話すつもりだったのだが、彼らの会話は、どたばたと走ってくるバベッジに遮られてしまった。

「大変だ、ウォルター君！」

「どうしたんですか、バベッジさん……っ！」

何があったのかと聞くよりも先に、ウォルターの顔が一気に険しくなった。

というのも、扉をたたき壊そうとしていた冒険者の多くが、ぐるりとギルドを囲むようにして、窓や壁を攻撃し始めたのだ。

当然、窓は扉よりもずっともろい。既にガラスのほとんどが割れてしまい、中の避難者がテーブルなどの家具で塞ぐか、無理矢理侵入しようとしている冒険者を押し出さないと、いつでも入ってこられるありさまになっていた。

「見ての通りだ、冒険者達が扉じゃなくて、窓を壊そうとしてギルドを取り囲み始めたんだ！

さっきまでは同じところにいたのに、分散してしまったんだよ！」

せっかくエリクサーまで錬成したウォルターの計画が、端から瓦解《がかい》し始めている。

「まずい……一か所にいてこそ、エリクサーの粉末は効果を発揮するのに……！」

「あわわ、師匠～っ！　どうしましょう、ゴーレムが足りません！　このままじゃ、エリクサーをばらまくより先に冒険者がギルドに入ってきますよ～っ！」

ゴーレムの数は少なく、複数の窓は守れない。

慌てふためくモニカの言うように、もうじき冒険者が乗り込んでくるはずだ。

「せっかくここまで来たのに……だけど、まだ終わるわけにはいかない！」

「ギルドマスター……！」

「まだヘンウッドさんの息子が諦めてないんだ、俺達もやるぞ！」

希望を絶望に転じさせるものかと、バベッジの指揮で必死に住民がバリケードを作って暴れん坊達を追い払おうとするも、明らかに力負けしている。

「残った棚やテーブルでバリケードを補強するんだ！」

「押せ、押せーっ！　絶対に冒険者を中に入れるなーっ！」

少しずつ、少しずつギルドの防壁が崩壊してゆく。

物理的な壁が押し込まれるにつれて、人々の心の防壁も崩れてしまう。

その中心で、ウォルターは顔を歪ませて思案を巡らせた。

(考えろ、考えるんだ！　この程度のアクシデントで諦めるな！　もう少し、もう少しで皆を笑顔にできるのに、絶対に諦められないんだっ！)

ギルドに待ち受ける破滅の運命だけは避けなければならない。

最悪の事態を潜《くぐ》り抜ける名案を必死に思いつこうとするが、ウォルターの脳が悲鳴を上げてなお、何も手段は出てこない。

「頭を使え、ウォルター……打開策を思いつけ、何でもいい、何でも……っ！」

血が出るほど唇を噛みしめても、やはり何も出てこなかった。

遂にウォルターが神にすら祈りそうになった、その時だった。

「──ねえ、あんたのエンチャントって、どんなことができるの？」

アイリスが、彼の肩を叩いた。

振り向いたウォルターの顔は、脳みそを酷使しすぎてひどい汗をかいていた。

「え？　どうして今、そんな……」

漏らす息すら荒くなっているウォルターを見つめるアイリスの目は、憂いに満ちている。まるでこれから、自分が死地に向かうと言っているかのようだ。

何より、彼女の声はわずかに震えていた。

そんな自分の心を勇気づけるように、アイリスはぐっと胸を抑えて言った。

「例えば、あたしのマイクにエンチャントできるの？　餌で魔物を足止めするみたいに……あたしの歌に、冒険者の注意を引く力を付与できたりしない？」

つまり彼女は――自分が囮《おとり》になる、と提案したのだ。

「ダメだ、アイリス」

ウォルターはほとんど反射的に否定した。

大事な仲間を恐怖の怪物の群れに投げ入れるなど、到底受け入れられるはずがない。

「ダメも何も、言ってる場合じゃないでしょ」

「君が死ぬかもしれないんだ、そんな手段は選べない！」

「ここでやらなきゃ、せっかくあんたが錬成したエリクサーも意味がなくなるじゃない！」

アイリスはウォルターよりもずっと力強い声で反論した。

「わかってるわよ……あたしはアルカニアで有名なアイドル冒険者じゃないし、それどころかポーションを飲まないと喉を痛めるような、へっぽこアイドルよ！　ファンなんて厄介なキモオタしかいないし、貯金に至っては明日の食費だって怪しいわ！」

彼女の瞳からは、ぼろぼろと大粒の涙が零れていた。

アイリスは冒険者になってから、負け犬の人生を送ってきた。

これまで一度だって、アイリスがアイドル冒険者稼業で幸せを感じた経験も、誰かを勇気づけた思い出もなかった。その逆のトラブルならば、腐るほどあった。

どうしてこうなったのか。自分が求めていた夢や未来は、本当にこんな形だったのかと、何度も何度も自問自答し、無明《むみょう》の闇しか出てこず、枕に顔を埋めて泣いた。

もういっそ、アイドルなんて辞めた方がいいのではないか。

諦観《ていかん》が頭を埋め尽くしていた頃、彼女はウォルターに出会った。

「でも……でも、なんでアイドルになりたかったかって、それくらいは覚えてるわ！　あんたと同じなのよ、誰かをあたしの歌声で……笑顔にしたいって、ただそれだけだったの！」

そして思い出したのだ。

ただの冒険者として街に出てきたあの日、何になりたいわけでもない漠然とした自分の前で歌い、踊ったアイドルの姿が瞳の奥に焼き付いていたのだと。

ああなりたい、目の前の人皆に笑顔をあげたいと。

「皆を助けて笑顔にする、その夢を現実にする時は、今なのよ！」

心の奥にしまい込んでいた強い願いを、アイリスは両目に湛《たた》えていた。

バリケードを叩く音、窓が割れる音がもたらす不安をかき消すように、彼女は目をごしごしと擦り、ウォルターに愛らしいウィンクを見せた。

「安心しなさい。このアイにゃんに、できないことなんてないにゃん♪」

「アイリス……！」

彼女のにゃんにゃんポーズに、迷いはなかった。

アイドルとしての彼女に一縷《いちる》の望みを賭けるのに、ウォルターももう迷わなかった。

「……マイクに、『魅了』のエンチャントをかけるよ」

アイリスが差し出したマイクにウォルターが触れると、桃色の光がそれを包む。

エリクサーの錬成で相当なマナを使ったのか、ウォルターは激しい動きもしていないのにへとへとだった。

それでもエンチャントと、冒険者の注意を引くのにちょうどいいステージまで走り切るために、いつもの藍色のポーションの錬成だけはやり遂げた。

「これで、あいつらをおびき寄せられるのね？」

「人間だけじゃなく、魔物も誘惑するエンチャントの力だ。ただ、マッド・スパークを飲んだ人間にどこまで通じるかはわからない。ダメだと思ったら、すぐに逃げてくれ」

「バカ、もう逃げないわよ。現実からも、自分の夢からも！」

ピンクの煌《きら》めきに可能性を感じたアイリスがマイクをぐっと握りしめるそばで、ウォルターはおたおたと駆け回っているモニカに向かって叫んだ。

「よし、俺がゴーレムを使って、アイリスをギルド前の広場まで連れていくよ！」

「ちょっと、あんたはここで待ってなさいよ⁉」

「俺の役目は、エリクサーを圧縮するところで終わりだよ」

「エリクサーをどうにかする役割の奴がいなくなったら、おしまいじゃないの！」

「どっちにしたって、この作戦が失敗すれば終わりだ。あとは……モニカ、こっちに！」

ウォルターが再び声をかけて、やっとモニカはどたどたと彼の方に走ってきた。

彼女がどうしようか、どうすればいいかと問いかけるよりも先に、ウォルターは彼女の手を握って自身の青い光を分け与えた。

もう、彼のマナはほとんど枯渇しているも同然だった。

「……爆弾……空の……」

「……え、ええっ⁉」

「……くんだ……粉を、破裂……！」

それでも彼がモニカにエンチャントしたのは、彼女に話した作戦を成功させるためだ。

ウォルターはぼそぼそと、彼女にだけ聞こえるような声で伝えた。

「俺の残りのマナを使って、エンチャントしておいたよ。やれるね、モニカ？」

「……わ、私にできるでしょうか、そんな大仕事が……？」

彼から『史上最大の作戦』を聞いて、緊張からがちがちと歯を震わせるモニカは、今にも泣き出しそうなほど不安に満ちていた。

失敗すれば、今度こそ完全にギルドは陥落してアルカニアが壊滅する。

錬金術師の弟子が背負うにはあまりにも重い責任が、彼女を潰そうとしていた。

「大丈夫。君はウォルター・トリスメギストスが唯一認めた、愛弟子なんだからね」

それでもウォルターは、彼女に一番大事な仕事を任せた。

自分でもなく、バベッジでもアイリスでも、他の誰でもない。

愛しい弟子であるモニカを、世界中の誰よりも信じているからだ。

「――っ!」

師匠からの激励と確かな勇気を受け取ったモニカから、次第に震えが消えてゆく。

代わりに胸の奥から湧き上がってきたのは、何よりも強い覚悟だ。

「は、はい! モニカ・シャムロック、必ず師匠の期待に応えてみせますっ!」

「信じてるよ、モニカ」

ウォルターは笑って、彼女と拳をぶつけ合った。

そして彼女にフラスコいっぱいのエリクサーの粉を渡してから、アイリス、モニカ、二体のゴーレムと共にギルドの唯一の出入り口の前に立つ。

「バベッジさん、冒険者をステージに誘導するために、扉を少しだけ開けます! 俺とアイリスが外に出て、冒険者達の気を引けたら、モニカのタイミングでもう一度開けてください!」

「……何か、策があるんだね?」

「はい! 皆を助けられる、最後の手段です!」

「……わかった……皆、万が一に備えて、すぐに閉められるように構えるんだ!」

必要最低限の人数だけを残し、住民とバベッジ達が扉の周りに集まる。

今なお外から怒声が聞こえてくるのに、ここをわずかでも開放するなんて無謀だというのに、人々はこれからバリケードをどかして扉を開く。

すべてはウォルターを信じているからだ。

「それじゃあ、行くよ……さん、にい……いち――」

バベッジとウォルターが互いに頷き合い――

「――今だっ！」

固く閉ざされた扉を、少しだけ開けた。

当然のごとく、外からは無数の手がポーションを求めて飛び出してくる。

「どりゃああああっ！」

ウォルターはゴーレムに命令して、扉の隙間から冒険者に殴りこませた。

「ウゴオオオ⁉」

「ガアア！」

冒険者や錬金術師がパンチでひっくり返るさまを見て、暴走した面々が叫ぶ。

その隙を逃さず、ウォルターとアイリスが一気に冒険者ギルドの外に出た。

ここからどうなろうと、もう一度閉じられた扉の内側には戻れない。

助かる時は、師匠の指示通りにモニカが扉を開き、作戦が成功した時だけだ。

「冒険者の攻撃は、全部ゴーレムが引き受けてくれる！　でも時間はちっともないから、一気に駆け抜けるよ！」

アイリスの手を引いて駆け出すウォルターに、またも冒険者が群がってきた。

家具で組み立てられたゴーレムの硬さにはウォルターも自信があったが、さすがに数十人を超える暴徒の攻撃には耐えられず、たちまち木材の残骸になり果てる。

あまりにおぞましい暴力的な光景に、アイリスの顔から血の気が引いた。

自分もああなったらと思うと、心臓が止まりそうだった。

「ヤバい、ヤバいわよ！　ゴーレムがあっという間に、ガラクタに……！」

それでも二人は、どうにかギルドの前にある広場のステージまでたどり着いた。

普段は誰かが演説していたり、ギルドからのお知らせをしたりといった用途にしか使われないが、今日だけは違う。

ここはアイドルの大舞台だ。

人生につまずき、心がへし折れ、それでも夢を諦めなかった底辺アイドルの舞台だ。

「予想以上に時間は稼げた……アイリス、歌うんだ！」

ギルドをぐるりと囲んでいた冒険者が、一斉にこちらに向かってくる。

失敗すれば、どちらも生きては帰れない恐ろしい状況だというのに、アイリスを見つめるウォルターの瞳には何の疑いもなかった。

「……あたしが、アイドル、か」

——ああ、これか。

アイリスは確信した。

ファンの期待を裏切れない、これがアイドルか。

「やってやる、やってやるわよ！　あたしはこんなところで終わらない、カバーラのトップアイドルになって、アルカニア、王都にも名前を覚えさせてやるの！」

ステージに上がる彼女を、舞台袖からウォルターが送り出した。

群がる冒険者の群れがウォルターの顔に拳を突き立てようとするより先に、大きく息を吸い込んだアイリスの喉を捻《ひね》り潰すよりも先に。

「あたしは、あたしは——アイリス・ロナガンだって！　皆、行くよ〜っ！」

アイリスの声が、マイクに乗って響いた。

——その途端、ぴたりと暴走した人々の動きが止まった。

殴る腕も、地面を叩く足も、喚く声もすべてが止まる。時間がそこだけ制止したかのように、何もかもが凍り付いたかの如く停止した。

静寂、無にも近い空間の中で、ただ一つ動き続けるのは、アイリスだけだ。

軽快なステップを踏み、音楽もないのに愛らしい声で歌うアイリスだけなのだ。

「君に届けるよホントの気持ち♪　立てた尻尾がＬＯＶＥの証♪」

瞳の中にハートマークを浮かべるアイリスの頭に、腰の後ろに冒険者達は見た。

ありもしない猫耳と、猫の尻尾を。

桃色の髪を靡《なび》かせ、耳と尻尾を揺らし、マイクからアルカニア中に響く温かく爽やかな声の主。アイリス・ロナガンの声を聞くうち、少しずつ冒険者達に変化が起きた。

「ウオオオオ！」

「ギガアアア！」

またも騒ぎだし暴徒と化すのを見て、ウォルターはアイリスを助け出そうとした。

（ダメだ、冒険者達は歌を聞いてない！　助けに行かないと……ん？）

ところが、今度は彼の手がぴたりと止まった。

あの恐ろしい、ポーションを手に入れるためなら肉親にすら襲いかかるほど凶暴化した冒険者が、互いに顔を見合わせておかしな表情をし始めた。

エンチャントされたマイクから流れる声のせいか、あるいはアイリスすらも知らない才能が開花したのか、歌を聞いた無数の冒険者が戸惑っている。

生まれて初めて湧き出した感情の正体を、探し求めている。

「ウ、ウ……？」

「アアウ！」

そして迷える子羊を導くのは、ステージで踊り歌うディーヴァ。

「恋のサバイバル、誰にも負けないアイにゃんのときめき～っ♪」

勇気と愛情を兼ね備えた完璧なアイドル――アイリスだ。

「「ウオオオォ～っ！」」

彼女がぱっと手をかざしてウィンクした瞬間、世界が揺らいだ。

人を襲い、ポーションを飲むことしか考えられなかった冒険者が、アイリスの歌を聞いて昂《たか》ぶっているのだ。

ヘッドバンギングをする者、上着を脱いで振り回す者。

奇怪な動きで応援する者、握り拳を掲げて涙を流す者。

数十人が、ともすれば数百人が応援してくれる光景は、今までのどんな喜びよりも深い感動を彼女に与えた。

「こんな数の観客の前で歌うなんて――本当に、夢みたいっ！」

アイリスが笑えば笑うほど、ファンとなった冒険者達が興奮で沸き上がる。

中には複数人が肩車したり、手を組んだりして躍り出す始末だ。

「……予想以上の効果だよ、冒険者達が、息を合わせて踊ってる……！」

「オタ芸っていうのよ！　アイドルを心から応援したいって気持ちの表れ、あたしを見てくれてる証！　まだまだ歌えるわ、冒険者をみ～んな、虜《とりこ》にしちゃうくらいね♪」

心からの応援を見せつけられて、アイリスのサービス精神も覚醒する。

いつもよりずっとキュートに。

普段よりずっとアクティブに。

「いっくにゃ～♪　みんな、ついてこれる～？」

「オオオオオオッ！」

「ヘイヘイヘ～イッ！」

求められたなら応じる、アイドルの理念を貫き通すのだ。

「アイにゃん必殺、びびび、びびび♪　びびび～む♪」

踊るアイリスの指先から桃色のビームが放たれるのを、ウォルターは確かに見た。

そんな魔法は存在しないし、仮にあったとしても彼のエンチャントの効果には含まれていないが、アイリスの奇跡は見えないものを映し出したのだ。

もちろん、魔法にかけられたのはウォルターだけではない。

「エモ～～～～～イ！」

「オセル～～～～～ッ！」

アイドルの虜になった冒険者達も、感動の涙を流していた。

「「タイガー！」」

「「バイバー！」」

「「ジャージャーッ！」」

彼らは感謝の意を示すように、次々と同じ動きで応援を始める。

「セイッ！　セイッ！　ハイハイハイッ！」」

今やすべての冒険者がステージの前に集まり、一つの乱れもない応援のダンスを披露している。彼らの中に、もうマッド・スパークへの渇望などありはしない。

「みんな、ありがとにゃ〜……よっしゃっ！」

さて、飛び散る汗すら美しいアイリスは、本来の目的を忘れてはいなかった。

「チャンスよ、ウォルター！　チビに、モニカに指示を出しなさい！」

マイクを掲げたアイリスの言葉で、ウォルターが頷いた。

「……わかった！　モニカ、頼んだよ！」

「頼まれましたっ！」

彼が大声で指示を出すと、もう一度ギルドの扉が開いた。

出てきたのはモニカとバベッジ、数人の住民だ。

彼ら、彼女らが押してきたのはギルドの奥にしまってあった台車とエリクサーの詰まったフラスコ、そしてモニカが爆破錬金術で錬成した山盛りの爆弾。

しかもそれを囲うように、信じられない量の火薬が詰め込まれた瓶まで入っている。

「爆破錬金術の花火と、爆弾を射出する力と、師匠のエリクサーをありったけ詰め込んだフラスコ……あの一か所だけにならし、雨を降らせるみたいに粉を撒けます！」

ウォルターとモニカの作戦は、冒険者を含めたマッド・スパーク依存の人々を一か所に集めて、粉を空から降らせるというものだった。

彼女は爆弾を作り、フラスコを爆破の衝撃で空高く飛ばし、付着させた別の爆弾で炸裂、拡散しようとしているのだ。

最初はフラスコを割らないように、二度目はそのガラスを破壊できるように威力を調節しなければならない。繊細な技術を求められる作戦を、モニカは任された。

ウォルターからかけられたエンチャントの力を借り、成し遂げなければならない。

「ギルド中から集めた火薬だ！　これで足りるかな、モニカさん！」

「いけます、絶対にいけます！　何が何でも届かせます、師匠の、皆のために——」

冒険者達のすぐ近くまで来て、モニカはフラスコに手をかざした。

彼女の赤い光と、師匠の青い光が混ざり合い——

「——と・ど・けぇーっ！」

二つの螺旋《らせん》の弧を描き、エリクサーは空を舞った。

アイリスのライブを彩るように輝く彗星は、空を駆けてゆく。

そして彼女達のちょうど真上に来たところで、ぽん、と軽い音を立ててフラスコが破裂したかと思うと、金色の光が一帯に振ってきた。

「グオオオオオオッ⁉」

途端に、マッド・スパークの被害者達がのたうち回った。

体から恐ろしい毒素が抜けていくのが、ウォルターやアイリス、モニカの目にもわかった。冒険者の肌が黒く染まって、すぐに元の肌の色に戻っていくさまは、間違いなくマッド・スパークの成分が消え去っている証拠だ。

これこそがウォルターの作戦――空中からエリクサーを散布したのだ。

「うまく、いったの？」

おずおずと声をかけるアイリスに、ウォルターは振り向かなかった。

「ああ……効果はてきめんだ」

代わりに、彼の口元が喜びで吊り上がった。

つまり、エリクサーが見事に最強のポーションとしての力を発揮したのだ。

「オ、オオ……」

「アアア……ア……」

目から、口から、汗腺から邪悪なマッド・スパークが抜け出して、霧散する。

そうして完全に金色の粉が風に乗って拡散し消失した時、冒険者達はがくりとうなだれた。

一秒、二秒、三秒ほど経って、誰もが一斉に顔を上げた。

「……あ、あれ？」

そこにはもう、ポーションを求めて暴れる者の姿はなかった。

あるのはごくごく普通の冒険者と、錬金術師。悪事も恐怖もちっとも覚えておらず、自分がどうしてここにいるのかもまったく記憶にないようで、互いに顔を見合わせている。

手に血がこびりついているのも、顔や腕が腫れているのも、原因不明といったところか。

「俺……どうしたんだ？」

「おかしいな……私、ライブの途中だったのに……？」

ただ、不思議なことにアイリスのライブだけは覚えているようだ。どこか妙な多幸感に満ちているのは、そのせいだろう。

とにもかくにも、マッド・スパークのおぞましい効能をエリクサーが上回った。

アルカニアは破滅という、最悪の事態を免れたのだ。

「……やった、やったよ……成功だ、皆はもとに――」

ようやくほっとひと息ついたウォルターは、自分が立てないほど疲弊しているのに気づいた。

緊張の糸が切れたのか、体にどうにも力が入らないのだ。

それでも確かな結果を口に出そうとしたが、そうはいかなかった。

「――やったーっ！」

「師匠ぉ～っ！」

「わぷっ⁉」

心底安堵した笑顔を見せる彼の胸に、アイリスとモニカが飛び込んできた。

ウォルターは驚愕の声を出す間もなく、もみくちゃになった。

「ありがとう、ウォルター、本当にありがとう！　あたしを夢の舞台に立たせてくれて、本当のアイドルにしてくれて……もう、あんたは世界一の錬金術師よ！」

「じ〜じょ〜おぉ〜っ！　ざいごーですぅ〜っ！」

アイリスはマイクを握り締めたままウォルターの首に手を回し、モニカは感動の涙と鼻水で顔がぐしゃぐしゃになっている。

腰と喉に手が回されて苦しくなっているのに、彼は引き剥がそうとしなかった。

無事に役割を果たし、人々を助けられた喜びを分かち合っていた。

むしろ二人を抱き返すほど、彼は今この瞬間を嬉しく思っていたのだ。

「……ありがとう、モニカ……アイリス……君達のおかげだ……！」

「何言ってんのよ、あんたがこれを全部やってのけたんでしょうが！　謙虚なのもほどほどにしとかないと、いつかぶっ飛ばされるわよ、あはは！」

「じじょおおぉぉぉ〜〜〜っ！」

「……いいや、本当に、本当に……君達のおかげなのさ……！」

わしゃわしゃと二人の頭を撫でるウォルターのそばでは、バベッジが住民に指示を出して、ポーションの効能が切れて倒れた冒険者の救護を始めていた。

「冒険者達の治療を急いで！　診療所のベッドが足りないだろうから、ギルドのテーブルをベッドに見立てて使ってくれていい！」

もう誰も、バベッジの命令を無視する者も、逆らう者もいない。

ましてや役に立たないと小バカにする者など、いるわけがない。

正真正銘、勇敢なギルドリーダーとなった彼は、ウォルターの前で歯を見せて笑った。

「……ウォルター、何とお礼を言ったらいいか。君のおかげで冒険者ギルド、ひいてはアルカニアの街は救われた。君は……この街の救世主だ」

「救世主だなんて、そんな！」

頼もしい仲間を両隣に携え、ウォルターは笑顔で返す。

「俺はただの錬金術師です。皆の笑顔を守るのだけがとりえの、ただの錬金術師ですよ」

彼はどこまでいっても、ただの錬金術師であろうとした。

トリスメギストスの末裔であろうと、アルカニアを救った男であろうと関係ない。彼の望みは、自分の力で誰かを笑顔にする、ただそれだけだ。

以上も以下もない。

自分はウォルターで、凡々たる錬金術師だと告げた。

「はは、君は街中に笑顔を取り戻したんだ。これが救世主じゃなくて、何だって言うんだい？」

もっとも、ただの錬金術師だと思っているのは、きっとウォルターだけだろう。

バベッジだけでなく、モニカ、アイリス、ギルドに逃げ込んでいた住民、マッド・スパークから解放された冒険者の誰もが、彼に笑顔を見せていた。

敬愛と感謝を込めた、心からの笑顔を。

その笑顔に含まれたあらゆる気持ちを、バベッジが代弁した。

「……心から感謝するよ！　偉大なるアルケミスト、ウォルター！」

彼の声に続き、アルカニアに「ありがとう、ウォルター！」の合唱が響いた。


この事件は、百年近く後に『アルカニアの奇跡』として歴史に刻まれる。

ただ、内容はとてもシンプルで、「アルカニアを襲った危機を一人の錬金術師が救った」とだけ伝えられている。

聞くところによると、悪人の名を後世に残さないよう、口止めされたらしい。

だから誰が原因か、何をしでかしたかは口伝もされていない。

一つだけ確かなのは――街を救った錬金術師の名前だけ。

――ウォルター・トリスメギストスという名前だけである。

# 第九章

「――じゃあ、パトリオットはもうアルカニアから？」

「ああ、王国北部のダビオ大監獄に連れていかれたよ。命に別状はなかったけど、あの調子ならもう二度と悪さはできないだろうね」

冒険者の暴走とアイリス一世一代のライブから、一週間が経った。

しばらくアルカニアに滞在したウォルターは、バベッジから折り入って話があると言われ、冒険者ギルドにやってきた。

もちろん、モニカとアイリスも一緒にいる。

そしてパトリオットはいない。

「恐らく監獄からは出られないはずだよ。もしも仮に出てきたとしても、ギルドからは永久追放だ。ギルドだけじゃない、彼は王都にも入れないし、国に居場所はない」

聞くところによると、発見されたパトリオットは両手足が折れ、顔がひしゃげていた。

生きてこそいるが、すっかり心にトラウマを植え付けられたようで、監獄では少しの物音にも怯えるらしい。これでは、表社会に戻れないだろう。

しかも、彼がマッド・スパークで残そうとした爪痕はもう、アルカニアに残っていない。街の人々と錬金術師、そしてウォルターがすっかり破壊の痕跡を直してしまったのだ。

特に冒険者は後ろめたい気持ちがあったのか、積極的に協力してくれた。重労働を担当してくれたおかげで、本当にあっさりと、四日ほどで修復は完了した。

ただ、バベッジの中にはまだ不安要素が残っていた。

パトリオットの名前が、彼を憎む話題の中に混じっているのを聞くことがあるのだ。

「皮肉なものだね、彼の名前は忌むものとして永遠に覚えられてしまうなんて……」

大きなため息をつくバベッジの前で、ウォルターが首を振った。

「いいえ、彼の名は覚えられません。記憶されるのは、悪党という事実だけです」

「ウォルター……」

「残すのなら、バベッジさんの名前の方がいいですよ」

いつになるかはわからないが、悪党の名は消え去る。

人々は自分達を苦しめた存在ではなく、自分達がいかにして街を復興させたか、どうやってあの苦難を乗り越えたかを語り続けるのだ。

そこに、パトリオットの付け入る隙はない。あの男は、永遠に忘れられるに違いない。

「……僕の名はともかく、彼の名前を、どこにも記さないよう努めるよ」

ウォルターの言う通りだと思い、バベッジは小さく息を吐いた。

第一、彼を呼んだのは、パトリオットの話をするためではないのだ。

「それよりも、もっと楽しい話をしようか。ここにいる皆も、待ちかねてるようだ」

ふとウォルターが周りを見回すと、ギルドの誰もが彼に笑いかけていた。

その最前列に立ったバベッジはしっかりと彼を見据えて、ギルドの『錬金術師資格証』をすっと差し出してから、言った。

「ウォルター・トリスメギストス。改めて、君をギルドに迎え入れさせてくれ。錬金術師として——ギルドのサブリーダーとして」

ギルドリーダー直々に、ギルドはウォルターを歓迎すると。

しかも、サブリーダーに任命すると言ったのだ。

「師匠がサブリーダーに、しかももう一度ギルドに⁉」

「……一応聞いとくけど、自分がやったことを帳消しにしようって腹じゃないわよね」

「君につらい思いをさせたのは事実だ、恨まれても仕方ないと覚悟している。帳消しになんて、できるはずがないさ」

彼の罪が消えるわけではない。最も助けを求めていた時に、保身を理由にして見て見ぬふりをしたことへの後悔は、バベッジの心の中に残るだろう。

だとしても、彼はウォルターの居場所を再び作り直したいと思っていた。

モニカ達との約束でもあるし、リーダーとしての務めであるとも自覚していた。

「それでも、それでも……このギルドには、君が足りない。君が必要なんだ」

「バベッジさん……」

彼の後ろにいる冒険者達も、同じ想いだ。

マッド・スパークの毒から解き放たれた彼らが最初にしたことは、ウォルターへの深い謝罪だった。金に釣られて彼を貶めた者も、そうでない者も同様に頭を下げた。

自分達を真に案じてくれていたのは金をくれた外道ではなく、自身が追い詰められながらも誰も責めなかった男なのだと気づいたのだ。

できるなら、彼に恩を返したい。

彼がサブリーダーに就任するのに、何の疑いもない。

アルカニアに残ってほしい理由の多くは、そこに凝縮されていた。

「望むのなら一等地に工房の錬成許可も与えるし、素材提供にも協力しよう。もう二度と、君を裏切らない証だと思ってほしい……この通りだ」

三人の前で、バベッジが頭を下げた。

マッド・スパークの件の解決を頼み込んだ時とは違う。後ろめたい気持ちを受け入れ、それでもなおギルドの発展と人々の喜びのために下げた頭だ。

「師匠！」

「どうすんの、ウォルター？」

モニカ達に言われずとも、ウォルターも、彼の真意と心からの謝罪を理解していた。

アルカニアに自分が求められている。

きっとまだまだ多くの人を笑顔にできる。

失われた喜びを、自分の錬金術で修復できる。

それはどれほど、彼にとって喜ばしいことか――。

「一つだけ、条件があります」

だから、ウォルターのちょっぴりワガママな答えは決まっていた。

顔を上げたバベッジに、彼は笑顔で言った。

「……俺をカバーラに残してください。条件は、それだけです」

ギルドには復帰する。

ただし、自分の居場所はカバーラである、と。

「「え?」」

ぽかんと口を開くバベッジやギルドの面々。

返事はアルカニアに帰ってくるか、カバーラに残るかのどちらかだと思っていたのに、三つ目の選択肢が出てくるなんて想像もしていなかったのだ。

「あー……あんたならそう言うわよね」

「私もこう答えると思っていましたよ、師匠!」

一方、ウォルターの仲間は彼の返事をすっかり予想していたようである。

アイリスは呆れた様子で肩をすくめ、モニカは自分の偉業のように胸を張った。

そのうち、二人に笑ってみせたウォルターがバベッジに告げた。

「きっと、カバーラでも困ってる人がいます。アイリスみたいに、最後の望みを託して俺のところに来る人がいるかもしれません」

誰もが諦めた笑顔を守りたい。

次の誰かに続く笑顔の道を作りたい。

アルカニアに、カバーラに、王国中に広がる輪を。

「そんな人を助けたい、俺はもっともっと、たくさんの人に笑顔になってほしいんです」

ウォルターは、自分が思っていたよりもずっとワガママだった。

アルカニアのギルドに属しながら、しばらくカバーラで生活するなど、ギルドでは例がない。

その街に住んでこそのギルドなのだから、当然といえば当然だ。

しかしウォルターにとって、街同士の距離など関係ないようだった。

「おっと、もちろんアルカニアがどうでもいいってわけじゃないですよ。アルカニアにもカバーラにも行ける方法を、実は考案してるんです」

「どちらにも行ける……ははは、瞬間移動の魔法くらいしか思い浮かばないね」

瞬間移動の魔法といえば、魔法使いでも熟練者のみが使える限られた高等魔法だ。物体や自身を移動させる、と聞けばシンプルだが、失敗すれば肉体の欠損や死亡に繋がる。

それほどに強力で危険な魔法を錬金術師が使えるなら、世話はない。

ジョークだと思って笑うバベッジだが、ウォルターはいたって真面目な顔つきだ。

「はい、誰にでも使える瞬間移動ですよ」

あっさりと言ってのけた彼のセリフに、今度こそバベッジは目を点にした。

「……何だって？」

返事の代わりに、ウォルターは鞄をテーブルに置き、中から円形のアイテムを取り出した。

顔よりも少し大きいサイズの輪っかは、鉄か何か、それに近しい素材で錬成されているようだ。中心は空洞になっていて、かざせば向こうの景色が良く見える。

「『ポータル』……まだ開発中ですし、不安定ですけど、これが完全に錬成できるようになれば、誰でも瞬間移動ができるようになります……こんな風に！」

そう言いながら、ウォルターが装置の端のピンを引っ張ると、輪の中が波打った。

「うわっ⁉」

鏡のように姿を映し出す液状のマナが張られた『ポータル』と呼ばれる装置を、ウォルターはテーブルの上に置いて、手を突っ込んだ。

すると、彼の手がバベッジのすぐ真横から、にゅっと姿を現した。

「え、えええっ⁉」

バベッジは思わず飛び退いた。

腕の先にあるのは、ウォルターの肩ではない。ポータルと同じ、円形の空間だ。

この光景を見ただけで、彼だけでなく、アイリスやモニカも装置の能力を理解した。マナの空間を通じて、腕が別の場所に現れたのだ。

もしもこれが完成したなら――人を、遠くまで簡単に運べるに違いない。

「……凄いな、穴を通って物体が別のところに移動するのか……！」

ポータルから生えた腕を戻し、装置をしまいながらウォルターが頷いた。

「このアイテムが完成すれば、俺はどこにいたって、どこにでも行ける。だからアルカニアにいなくてもいい、というのが一つ目の理由です」

「他の理由があるのかい？」

バベッジの問いかけに、ウォルターは迷うことなく答えた。

「モニカとアイリスといた日々が楽しかったから、ですね」

彼にとって真に捨てがたいもの――それは、二人との繋がりだった。

もし、モニカが自分を訪ねてこなかったなら、いつまでも捏造された過ちの真実に気づけないまま暗い生涯を送っていたかもしれない。

もし、アイリスが自分を頼ってきてくれなかったなら、一歩前に踏み出す勇気をもらえずに最悪の事態がアルカニアに引き起こされていたかもしれない。

何より二人といる日々は、とても楽しかった。

「短い間だったけど、俺にとってとてもあわただしくて、充実した日々でした。何にも代えがたいくらい輝いてて、楽しくて仕方なくて……どんな黄金より、錬成アイテムよりも価値のあるものを、二人がくれたんです」

バベッジはウォルターを最高の錬金術師と称したが、ウォルターにとっては違う。

モニカとアイリスという、かけがえのない存在がいて初めて、彼は彼たりえるのだ。

「だから俺は、二人と一緒にいたい。とりあえずアイリスが、以前『カバーラのトップアイドルになる』って呟いてたので、その夢を叶えるお手伝いをしたいと思ってます」

「ちょ、そんなのばらさなくていいっての！」

歯を見せて恥ずかしがるアイリスの隣で、モニカはにっと笑う。

「師匠っ！　私は師匠に、どこまでもついていきますっ！」

「嬉しいけど、大丈夫なのかな？　君が元いたパーティーは……」

「問題ありません！　合意のうえ、離脱期限は無期限としていますのでっ！」

こうまで言ってついてきてくれるのが、ウォルターには嬉しかった。

彼も師匠として、彼女の期待に応えなければと思った。

「なら、せっかくだし錬金術の修業もしていこうか！　パーティーに戻る頃には、大錬金術師って名乗れるほど成長できるようにね！」

「はいっ！　モニカ・シャムロック、精進しますっ！」

モニカが笑う様子を見て、バベッジは頷いた。

「……わかった。無理を言ってすまなかったね」

「いえ、何かあったら声をかけてください。いつでもアルカニアに飛んできますよ」

「君も困ったことがあったら、ギルドに一報を入れてくれ。僕を含めた冒険者ギルドとアルカニアは、いつでも力になろう」

仲睦まじい三人の姿を見せられたバベッジは、ウォルターを引き留めようとしなかった。

いや、最初からこうなると彼はわかっていたのかもしれない。

だからバベッジは、ギルドから去りゆくウォルター達に手を振るだけだった。

「ギルドリーダー、俺達はこれで。本当に、ありがとうございました」

「ああ……僕も近く、君に会いに行くよ」

またいずれ、必ず会える。

冒険者やギルドの面々も確信したからこそ、誰もが笑顔で三人を見送った。


アルカニアからカバーラへ続く平原の道を、三人を乗せた馬車が揺れる。

街を救った救世主。あるいは、森を焼き払ったお騒がせ集団。

「そういえばアイリスさん、家はどうするんですか？　家賃も払えないとか、この前言ってませんでしたか？」

一人は明るく人懐っこい暴走気味の弟子、モニカ・シャムロック。

「ちょっと考えたんだけど、ウォルター、あんたの家に住まわせなさいよ。部屋は空いてるでしょ、空いてなくたって錬金術で増やせるんでしょ」

一人は気の強い三流アイドル冒険者、アイリス・ロナガン。

「ふ、増やせるけど……男のファンがいるアイドルが、男性の家に住むってどうなの？」

そして笑顔を守ることに命を燃やす稀代の錬金術師、ウォルター・トリスメギストス。

三人の日々は、これからも続く。

決して静かなものではなく、騒々しいトラブルの連続だろう。

「師匠の言う通りです！　不純異性交遊は許しませんよっ！」

「あんただって一緒に住んでるでしょうが！　これくらいフツーだってての！」

だが、子供のような喧嘩をする二人を横目に微笑むウォルターの目には、これから起こりうる大騒動すら愛おしく思えていた。

（ご先祖様、俺の錬金術師としての生き方は、ずっと騒々しくなりそうだよ）

二人がいれば、何も怖くない。

どんな壁があっても、乗り越えられる。

三人の夢を叶えるべく、前に進める。

それはどれほど、幸せなことか。

（けど、皆と歩くこの道は——きっと最高に、楽しい道だ！）
ウォルターは、馬車の窓から空を眺めた。
雲一つない、真っ青な空がどこまでも続いていた。

# あとがき

はじめましての方は、はじめまして。

こいつ前にも見たなという方は、お久しぶりです。

いちまるです。


今回もまた僕にとってひとつの挑戦となる作品を書かせてもらいました。

毎回挑戦させてくれるグラストＮＯＶＥＬＳ様には頭が上がりません。足を向けて眠れませんし、毎朝拝み倒します。


今回のテーマは『錬金術師』と『夢』でした。

複雑な調合で薬を作り、アイテムに効果を付与する錬金術師を書くのは初めてでしたが、前作同様資料と散々にらめっこしつつ、オリジナリティを付け足しました。

ウォルターというキャラクターとその力を気に入ってもらえたら、とても嬉しいです。


もう一つのテーマは『夢』です。

ウォルターの「自分の過ちを受け入れられるか」というのもテーマとして大事でしたが、アイドル冒険者のアイリスが抱える悩みと願いが僕の一番のお気に入りでした。

つらい現実が重なって嫌になった時に、アイリスは自暴自棄になりました。ですが、仲間の助けと、まだ諦めきれない夢を信じて、最後は多くの人を救うアイドルになれました。

夢はいつでも近くにあって、諦めた時に見えなくなる。

でも、もう一度見つけられた時にはもっと輝いて見える。

アイリスの存在を通じて、いろんな夢を追いかける人の背中を押せたらな、と思いました。


さて、そろそろあとがきページも終わりです。

「無実の罪で追い出された錬金術師は快適工房ライフをおくります〜ギルドをクビになったけど、チートすぎる神の目で自由自在にアイテムづくり〜」のキャラクターを活き活きと描いてくださったたろこ先生。

アドバイスをくださった担当編集様。

ここまで読んでくださった読者の皆様。

本当に、ありがとうございました。

ではまた。麻婆豆腐を作る腕が上達した頃に、お会いしましょう。

いちまる

無実の罪で追い出された錬金術師は快適工房ライフをおくります
～ギルドをクビになったけど、チートすぎる神の目で自由自在にアイテムづくり～

2024年2月22日　初版第1刷発行

著　者　いちまる

© Ichimaru 2024

発行人　菊地修一

発行所　スターツ出版株式会社

〒104-0031　東京都中央区京橋1-3-1　八重洲口大栄ビル7F
TEL　03-6202-0386（出版マーケティンググループ）
TEL　050-5538-5679（書店様向けご注文専用ダイヤル）
URL　https://starts-pub.jp/

印刷所　大日本印刷株式会社

ISBN　978-4-8137-9309-0　C0093　Printed in Japan

この物語はフィクションです。
実在の人物、団体等とは一切関係がありません。
※乱丁・落丁などの不良品はお取替えいたします。
上記出版マーケティンググループまでお問い合わせください。
※本書を無断で複写することは、著作権法により禁じられています。
※定価はカバーに記載されています。

［いちまる先生へのファンレター宛先］
〒104-0031　東京都中央区京橋1-3-1　八重洲口大栄ビル7F
スターツ出版（株）　書籍編集部気付　いちまる先生

話題作続々！異世界ファンタジーレーベル

ともに新たな世界へ

グラスト NOVELS

# 2024年4月
# 2巻発売決定!!!

毎月第4金曜日発売

役目を果たした
日陰の勇者は、
辺境で自由に
生きていきます
丘野優
Illust. 布施龍太
グラストNOVELS

**引退した真の勇者、**
**辺境の地でまだまだ大活躍!?**

著・丘野優　　イラスト・布施龍太

定価:1430円(本体1300円+税10%) ※予定価格

※発売日は予告なく変更となる場合がございます。

ともに新たな世界へ

毎月第4金曜日発売

# 好評発売中!!

著・マライヤ・ムー 今井三太郎 蒼乃白兎　イラスト・福きつね

定価:1320円(本体1200円+税10%)　ISBN 978-4-8137-9147-8